AF200483

FLAWLESS SKIN

Tödliche Leidenschaft

weitere Romane von Ceryna James
Wechselwirkung der Liebe: Madison & Ethan (Band 1)
Wechselwirkung der Liebe: Lilou & Sergej (Band 2)

Exklusiv bei Amazon als eBook und Taschenbuch.
Wechselwirkung der Liebe: Scarlett & Miguel (Band 3) erscheint noch dieses Jahr.

CERYNA JAMES

FLAW LESS SKIN

TÖDLICHE LEIDENSCHAFT

Impressum

Bibliografische Information der Deutschen Nationalbibliothek:
Die Deutsche Nationalbibliothek verzeichnet diese Publikation in der Deutschen Nationalbibliografie; detaillierte bibliografische Daten sind im Internet über http://dnb.dnb.de abrufbar.

© 2019 Ceryna James
Lektorat: Inga Schütte
Korrektorat: Sabrina Kratt, Kathrin Kaienburg, Anika Franke, Franziska Becker
Testleser: Diana Großer

Herstellung und Verlag:
BoD – Books on Demand, Norderstedt
ISBN: 978-3-7504-0133-4

Inhalt

PROLOG

Zarte makellose Haut war es, die ich unter meinen Fingerspitzen fühlte, als ich mit ihnen sanft wie eine Feder über ihren Körper strich.

Jeden Zentimeter ihrer Haut musste ich mit meinen Fingern erkunden.

Es war ein Zwang, den ich nicht zu kontrollieren vermochte.

Sie wimmerte.

Wollte nicht, was ich da mit ihr machte, doch ich ignorierte es.

Ihr ganzer Körper zitterte.

Sie hatte Angst.

Wusste nicht, was ich mit ihr tun würde.

Wollte wieder nach Hause.

Doch jetzt war sie mein und ich würde jeden Augenblick auskosten.

Also ließ ich mir weiter Zeit, umrundete sie abermals.

Betrachtete sie, wie sie mit den Armen nach oben, an der hölzernen Deckenkonstruktion gefesselt dastand.

Nackt, bis auf ihren Slip.

Stöhnend verbarg ich mein Gesicht in ihrer Halsbeuge und inhalierte ihren unvergleichlichen Duft, bevor ich mein Messer zur Hand nahm.

Ich konnte nicht länger widerstehen.

Der erste Schnitt, direkt unterhalb ihres Schlüsselbeins.

Blut trat aus der Wunde und begann über ihre Haut der Schwerkraft zu folgen.

Ein tiefes Knurren bahnte sich seinen Weg aus meiner Kehle.

Nichts außer dem Tod hätte mich jetzt noch aufhalten können.

Musste beenden, wofür ich sie zu mir geholt hatte.

Ein weiterer Schnitt.

Dieses Mal an ihrem noch makellosen Bauch.

Schwer atmend, sah ich in ihre feuchten blauen Augen, bevor ich vor ihr auf die Knie sank.

Meine Finger bohrten sich in ihr nacktes Fleisch, als ich sie an ihrem Hintern packte und dabei zusah, wie das Blut nach unten rann.

Ich schnitt sie in den Oberschenkel, die Wade.

Immer wieder ritzte ich sie mit meinem Messer, bis ihre einst makellose Haut übersät von Schnitten war.

Als ich mit ihr fertig war, bewunderte ich mein Werk.

Doch sie würdigte es kein bisschen!

Wimmernd hing sie in ihren Fesseln und flehte um ihr Leben.

Sie war wieder nicht die Richtige!

Wut kroch durch meine Adern und ich verlor die Beherrschung.

Ich schnitt ihre Fesseln durch und zerrte sie unsanft zu der Wanne mit Bleiche.

1

Die Frau im Schaufenster

SAMANTHA
(RÜCKBLICK)

Ich war noch klein.

Gerade einmal zarte sieben Jahre alt, als ich mich morgens auf dem Weg in die Schule befand.

Der Frühling trieb schon eine ganze Weile die Blumen und Bäume dazu an, zum Leben zu erwachen und der sonnige Morgen hatte einen ganz speziellen Duft, den ich bereits in diesem Alter liebte.

Immer wieder blieb ich stehen, sah den ersten Bienen dabei zu, wie sie sich an den neuen Blüten gütlich taten.

Beobachtete Schmetterlinge, die aufgeregt umherflatterten oder die Vögel in den Bäumen, die fröhliche Frühlingslieder zwitscherten.

Meine Mutter schickte mich immer eine halbe Stunde zu früh zur Schule, da sie genau wusste, dass ich an fast jeder Ecke stehen blieb und mir alles ansah.

Nachdem ich den kleinen Park verlassen hatte, steuerte ich die Bäckerei an, bei der ich mir jeden Morgen vor der Schule etwas zum Essen kaufte.

»Guten Morgen meine Süße«, begrüßte mich die Besitzerin des Geschäftes, wie gewohnt. »Wieder das Übliche?«

Ich nickte eifrig und sie gab mir lächelnd ein mit Käse belegtes Körnerbrötchen und einen Blaubeermuffin.

Zahlen musste ich dafür nicht, denn meine Mutter kam jeden Samstag her und glich die Rechnung aus.

»Danke«, sagte ich leise und huschte aus dem Laden.

Ja, ich war schüchtern in diesem Alter.

Das änderte sich erst in der Pubertät.

Ich setzte meinen Weg, an mehreren Geschäften vorbei fort.

Doch als ich am Spielzeugladen ankam, blieb ich stehen und sah mir die Auslage an.

Eine wunderschöne Puppe saß in einem rosa Hochstuhl.

Um sie herum hingen oder lagen die schönsten Anziehsachen, die sich ein kleines Mädchen für ihre Puppen nur wünschen konnte.

Gerade als ich näher herantreten wollte, fiel mir in der Spiegelung eine Frau auf, die auf der anderen Straßenseite stand und in meine Richtung sah.

Ich war mir nicht sicher, ob sie mich, oder die Dinge im Schaufenster anstarrte, aber ich fühlte mich zunehmend unwohl und ging weiter.

Immer wieder blickte ich über die Schulter, um zu sehen, ob sie mir folgen würde.

Doch sie blieb an Ort und Stelle stehen und sah weiterhin auf das Schaufenster.

Ich war froh, mich geirrt zu haben.

Mal wieder hatte mich nur mein leichter Verfolgungswahn übermannt, den ich schon immer hatte, ohne dass jemand den Grund dafür herausfinden konnte.

Vermutlich überlegte sie nur, ob sie ihrer Tochter diese Puppe oder eines der zauberhaften Kleider kaufen sollte und ich hatte einfach zu viel hineininterpretiert.

Also hakte ich die Sache ab und ging weiter meinen Weg zur Schule.

Wie immer verging die Zeit während des Unterrichts wie in Zeitlupe.

Es war langweilig!

Mit drei Jahren konnte ich bereits lesen und schreiben, im Alter von vier mit den Zahlen bis Zehn rechnen.

Alles was die Lehrerin meinen Mitschülern beibrachte, konnte ich bereits seit langem.

Doch obwohl meine Mutter schon etliche Gespräche mit dem Schulleiter hatte, weigerte er sich mich zu versetzen.

Er wollte noch dieses Schuljahr abwarten, wovon ich überhaupt nicht begeistert war.

Ändern konnte ich daran jedoch nichts, weswegen mir nur übrigblieb meine Zeit abzusitzen und durchzuhalten.

Als die Glocke endlich das Ende des Schultages einläutete, packte ich meine Sachen zusammen und rannte aus dem Gebäude.

Leider kam ich nicht sehr weit.

Gerade als ich zur Tür hinausging, wurde ich an meinem Jackenärmel festgehalten.

Es war Sindy.

Obwohl sie in meine Klasse ging, war sie einen ganzen Kopf größer als ich und auch zwei Jahre älter.

Während ich ein Jahr früher als andere eingeschult wurde, musste sie ein Mal eine Klasse wiederholen.

Und das war auch der Grund, warum sie mich hasste und keine Gelegenheit ausließ, um mich zu ärgern.

»Wo willst du denn so schnell hin, hm?«, fragte sie mich und baute sich vor mir auf.

Auch ihr Gefolge, bestehend aus drei anderen Mädchen kam dazu und stellte sich hinter Sindy.

»Nach Hause«, antwortete ich leise und sah auf meine Schuhe.

»Nach Hause zu Mami, damit sie mir sagen kann wie toll und wie schlau ich doch bin!«, quietschte sie mit verstellter Stimme und zog dabei Grimassen, was die anderen zum Lachen brachte.

Ich entgegnete nichts, sah einfach weiter nach unten.

Gegen sie hatte ich ohnehin keine Chance, egal was ich sagte oder tat.

Meist wurde es nur noch schlimmer, wenn ich versuchte, mich zu wehren.

»Du bist ein Freak, Samantha! Keiner kann dich leiden!«

Mit ganzer Kraft schubste sie mich und beförderte mich dadurch zu Boden.

Ich fiel ungebremst auf meinen Po.

»Na, weinst du gleich? Bist halt doch noch ein kleines Baby! Schreist du jetzt gleich nach deiner...«

»Was ist hier los?«, unterbrach die Stimme von Misses Kessler Sindys Satz.

Erschrocken sahen sich die Mädchen an und rannten davon, während ich wieder aufstand und meinen Hintern rieb.

»Alles in Ordnung mit dir, Samantha?«, fragte mich meine Musiklehrerin und legte mir besorgt ihre Hand auf die Schulter. »Soll ich deine Mutter anrufen, damit sie dich abholt?«

Ich schüttelte schnell den Kopf.

»Alles ok, danke«, hauchte ich und setzte mich ebenfalls in Bewegung.

Ich wollte nicht, dass meine Mutter von den Schwierigkeiten mit meinen Klassenkameraden erfuhr.

Sie hatte schon genug Sorgen.

2

Alte Heimat

SAMANTHA

Auf den Tag genau sechsundzwanzig Jahre war es nun her, dass mich meine Mutter aus sich herausgepresst und anschließend verlassen hatte.

Ein Straßengraben und eine schmutzige Wolldecke, waren alles, was sie mir in dieser kühlen Frühlingsnacht zugestand.

Hätte nicht zufällig jemand seinen Hund ausgeführt, wäre mein Leben beendet gewesen, kaum das es begonnen hatte.

Wer sie war und warum sie mich nicht wollte, war bis zum heutigen Tag nicht geklärt.

Grand Marais, eine Kleinstadt im Bezirk Cook County Minnesota.

Hier wurde ich geboren und nun war ich nach all den Jahren wieder hier.

Gerade stand ich völlig übermüdet vor einem Deputy, der allem Anschein nach geistig invalide war, da er nicht dazu in der Lage schien, eigenständig zu denken.

»Wissen sie was?«, machte ich auf mich aufmerksam. »Ich werde jetzt zu meinem Hotel fahren, auspacken, mich frisch machen und ein paar Stunden schlafen. Danach komme ich wieder her.«

»Tut mir leid Ma'am, aber der Sheriff gab mir die klare Anweisung, sie nicht gehen zu lassen, bevor er nicht da ist.«

»Deputy...« Ich sah auf sein Namensschild. »Larkin, ich wurde aus meinem wohlverdienten Urlaub hier her beordert, saß fast zwölf Stunden im Flugzeug und habe seit zweiunddreißig Stunden nicht mehr geschlafen!« Ich legte meine Hände flach auf den Tresen, der sich zwischen uns befand und kam ihm näher. »Vorhin sagten sie mir, der Sheriff kommt erst in fünf Stunden zum Dienst. Also erklären sie mir doch bitte, warum ich so lange hier rumstehen muss, wenn ich genausogut schlafen könnte!?«

»Ma'am, die Anweisung...«

»Ihre Anweisung ist mir scheißegal!«, wurde ich nun etwas lauter. »Denn sie macht keinen Sinn! Aus diesem Grund, werde ich jetzt in mein Hotel fahren und um punkt acht Uhr wieder hier sein.« Der verbohrte Holzkopf vor mir holte Luft, um mir etwas zu entgegnen, aber ich erhob mahnend meinen Zeigefinger. »Ich bin im Kampfsport ausgebildet, also legen sie es nicht darauf an!«

»Dro...drohen sie mir etwa Ma'am?«, stotterte er herum.

Doch darauf gab ich ihm keine Antwort, sondern verdrehte lediglich die Augen.

»Lass gut sein Larkin!« Mischte sich nun ein anderer Deputy ein. »Sie hat recht. Lass sie einfach verschwinden und später wieder kommen. Was soll sie hier die ganze Zeit über?«

Dieser überaus gutaussehende Deputy lächelte mich freundlich an und bedeutete mir mit einem Nicken, dass ich gehen soll.

»Danke Deputy?«

»Furgison, Ma'am. Deputy Furgison.«

Endlich im Hotelzimmer angekommen, verzichtete ich darauf, meinen Koffer auszupacken.

Das hatte später auch noch Zeit.

Ich stellte mich unter die Dusche und ließ mich anschließend völlig kaputt ins Bett fallen.

Kaum hatte ich meine Augen geschlossen, fiel ich in einen tiefen Schlaf und erwachte erst wieder, als das Telefon neben mir klingelte.

Schlaftrunken tastete ich danach.

»Ja?«

»Ma'am?«, hörte ich Deputy Holzkopf am anderen Ende der Leitung. »Der Sheriff ist schon etwas früher erschienen und wünscht ihre Anwesenheit.«

»Wie spät ist es?«

»Halb sieben, Ma'am.«

»Bin gleich da«, knurrte ich und legte wieder auf.

Warum musste er ausgerechnet heute eineinhalb Stunden zu früh erscheinen!?

Zwanzig Minuten benötigte ich, um wieder vor dem Deputy zu stehen, der mir mit einem Kopfnicken die Richtung deutete, in die ich gehen musste.

Sheriff Robert Kinkade, war in das Schild an der Tür eingraviert, vor der ich nun stand.

Ich hatte von meinem Vorgesetzten schon einiges über ihn gehört.

Verheiratet, einen Sohn, der nicht in seine Fußstapfen treten wollte und lieber nach Florida abhaute und eine Hutschnur, die sehr schnell riss.

Die wichtigste Information über diesen Kleinstadtsheriff war jedoch, dass er Frauen in seinem oder ähnlichen Berufen ablehnte und für völlig unfähig darin sah, solch eine Arbeit zu verrichten, weshalb mein Boss mich auch als Spezial Agent Sam Blake angekündigt hatte.

Einerseits graute es mir vor der Zusammenarbeit mit ihm, doch andererseits freute ich mich diebisch auf seine Reaktion, wenn er erkannte, dass eine Frau, statt der von ihm angeforderte männliche Agent gekommen war.

Nachdem ich geklopft hatte, drang ein ruppiges »Ja« zu mir durch und ich trat ein.

»Wer zur Hölle sind sie?!«, wetterte er direkt los, als er zu mir aufgesehen hatte und mich mit seinen braunen Augen anfunkelte.

»Spezial Agent Samantha Blake.« Ich streckte ihm höflich meine Hand zum Gruß entgegen. »Freut mich sie kennenzulernen, Sheriff Kinkade.«

Wie ich es schon fast erwartet hatte, ignorierte er meine Hand und starrte mich stattdessen an.

Sein Gesichtsausdruck war ein Potpourri aus Emotionen.

Verwunderung, Wut, Entsetzen und Abscheu.

Diese Kleinstadtsheriffs, mit ihren Vorurteilen, waren immer wieder eine wahre Freude!

»Ich wollte vom FBI einen voll ausgebildeten Agent mit Erfahrung und nicht ein Mädchen, das gerade erst gelernt hat auf die Toilette zu gehen!«, schimpfte er weiter.

Bevor ich reagieren konnte, ging die Tür auf und ein weiterer Mann in Uniform trat ein.

Meine Fresse, sah der gut aus!

Beinahe wäre mir die Kinnlade heruntergeklappt.

Er war etwa einen Kopf größer als ich, hatte markante Gesichtszüge, einen sexy Dreitagebart, dunkelbraunes Haar, welches am Oberkopf etwa zehn Zentimeter

maß und nach hinten gestylt war, der Rest kurzgescho-
ren.

Als er näher kam, sah ich seine Augen.

Sie hatten ein wunderschönes Grün.

Am liebsten wäre ich ihm direkt um den Hals gefallen, doch ich behielt meine Professionalität, reichte ihm
die Hand und lächelte.

»Spezial Agent Samantha Blake«, stellte ich mich
auch ihm vor.

Das Lächeln, welches er mir schenkte, als er meine
Hand ergriff war umwerfend.

»Stellvertretender Sheriff Brian Moore.«

Gott, seine Stimme vibrierte mir durch jede meiner
Zellen!

»Gut dass du da bist Brian«, unterbrach uns der Sheriff. »Sagtest du nicht, das FBI schickt uns einen richtigen Agent?«

»Ich *bin* ein richtiger Agent!«, ging ich auf seine er-
neute Provokation ein. »Auch wenn sie der Ansicht
sind, ich wäre gestern erst den Windeln entstiegen,
habe ich die volle Ausbildung des FBI genossen und
sowohl in der Theorie, als auch in der Praxis Bestnoten.
Des Weiteren bin ich bereits seit einem Jahr Spezial
Agent im Einsatz, habe jeden meiner Fälle zur Aufklärung geführt und noch nie hat sich jemand über meine
Arbeit beschwert.« Meine Augen huschten kurz zu
Moore, der mich grinsend mit seinem Blick fixierte,

bevor ich wieder zum Sheriff sah. »Einen geeigneteren Agent als mich, können sie für ihren Fall nicht bekommen. Und sie haben jetzt genau zwei Möglichkeiten. Entweder sie rufen meinen Vorgesetzten an und sagen ihm, dass sie doch keine Hilfe benötigen oder sie akzeptieren mich.«

Abwartend verschränkte ich die Arme vor der Brust und beobachtete seine Reaktion.

Er war eindeutig sauer.

Doch dumm war er nicht.

Er wusste genau, dass er dringend Hilfe brauchte.

»Was macht sie besser, als jeden anderen Agent?«

»Sie meinen als jeden männlichen Agent«, stellte ich fest und erhielt ein verächtliches Schnauben als Antwort. »Ich habe nicht nur die Ausbildung des FBI, sondern auch in fast allen Bereichen der Forensik, Medizin und Psychologie. Und bevor sie fragen, ich habe ein fotografisches Gedächtnis und einen IQ von knapp einhundertsiebzig, dadurch war es kein Problem, das alles während meiner FBI-Ausbildung zu bewältigen.«

Als ich meinen Mund wieder geschlossen hatte, starrte mich der Sheriff ungläubig an, während Moore anerkennend durch die Zähne pfiff.

»Fotografisches Gedächtnis?«, hakte Kinkade nach und ich nickte.

»Und wenn es nur ein Staubkorn auf dem Glas einer Brille ist, mein Gehirn speichert es ab und ich kann es jederzeit abrufen.«

Der Sheriff fuhr sich mit einer Hand durch sein graues Haar und atmete tief durch.

»Sie werden nicht alleine arbeiten!«, lenkte er endlich ein. »Moore wird ihr Partner, solange sie hier sind und das ist nicht verhandelbar!«

»Darin sehe ich kein Problem.«

»Und *er* sollte mit den Leuten hier sprechen, nur wer zu dieser Stadt gehört, wird auch akzeptiert. Die Menschen hier sind manchmal etwas seltsam.«

Wäre mir gar nicht aufgefallen!

Ich nickte seine letzte Bedingung lediglich ab, denn ich hatte keine Lust mehr auf diese unproduktive Unterhaltung.

»Also, können wir nun endlich über den Fall reden?«

»Na dann kommen sie mal mit Spezial Agent Blake«, meinte Moore und bedeutete mir schmunzelnd, ihm zu folgen. Er führte mich einen schmalen Gang entlang, in ein weiteres Büro. »Setzen sie sich.« Ich folgte seiner Handbewegung und sah zwei Holzstühle, die vor einem alten, heruntergelebten Schreibtisch voller Unterlagen standen und setzte mich auf den Rechten.

Moore schloss die Tür und ich spürte regelrecht seinen Blick in meinem Nacken, also drehte ich mich zu ihm um.

»Wollen sie mich weiter anstarren, oder reden wir jetzt über den Fall?«

Seine Augen blitzten mich amüsiert an und ein Grinsen breitete sich in seinem Gesicht aus.

Ohne ein Wort zu sagen, setze er sich in Bewegung und machte es sich auf seinem Bürostuhl bequem.

»Wie viel wissen sie über diesen Fall?«

»Sie haben drei weibliche Leichen, im Alter zwischen achtzehn und achtundzwanzig, die sie im angrenzenden Wald an einen Baum gelehnt fanden. Die erste Tote fanden sie vor fünfzehn Monaten, die zweite vor zwei Monaten und die letzte vor wenigen Tagen. Alle weisen die gleichen Verletzungen auf und ihre Untersuchungen haben ergeben, dass die Frauen vor ihrem Tod gefoltert wurden«, fasste ich zusammen.

»Richtig. Und bisher konnten wir keine Spuren finden, da er die Opfer in Bleiche badet, bevor er sie im Wald ablegt.«

»Ich muss mir die Leichen ansehen, Moore.«

»Sicher, aber nennen sie mich doch bitte Brian.«

»Gerne. Wenn sie mir jetzt die Leichen zeigen, dürfen sie mich Sam nennen.«

Brian lachte und stand auf.

»Dann kommen sie mal mit, Sam.«

Er führte mich den Flur zurück und in ein Treppenhaus, die Stufen ein Stockwerk hinunter, bis zu einer Metalltür mit Sicherheitsschloss.

Mit seiner Schlüsselkarte entriegelte er die Tür und wir konnten eintreten, landeten abermals in einem Flur, wo sich eine weitere Metalltür und ein Aufzug befanden.

»Bekomme ich auch noch so eine Karte?«

»Ich kann mir nicht vorstellen, dass der Sheriff sonderlich begeistert davon wäre. Und da sie keinen Schritt ohne mich machen dürfen, brauchen sie auch keine«, klärte er mich auf und drückte die Doppeltür auf, welche uns direkt in die Rechtsmedizin führte.

Ein Mann, etwa mitte bis ende Fünfzig kam uns lächelnd entgegen.

»Mein Junge, was führt dich zu mir? Und das mit einer solch reizenden Begleitung.«

»John, darf ich vorstellen? Das ist Spezial Agent Samantha Blake. Sam, das ist Doktor John Levitt.«

»Ah, sie sind hier wegen dem Serienmörder«, kombinierte er richtig und reichte mir die Hand.

»Das ist korrekt.«

»Wollen sie überprüfen, ob ich meine Arbeit richtig gemacht habe?«, fragte er argwöhnisch.

»Nichts läge mir ferner, Doktor! Ich möchte mir lediglich ein eigenes Bild vom Mörder und seiner Vorgehensweise machen und das ist einfacher, wenn ich es mit eigenen Augen sehe, statt nur den Bericht darüber zu lesen.«

Er hob seine Augenbrauen und lächelte mich ehrlich an.

Meine Erklärung reichte ihm wohl aus, seine Skepsis mir gegenüber abzulegen.

»Nun, die erste Leiche kann ich ihnen allerdings nicht mehr zeigen, da sie bereits beerdigt wurde. Aber ich habe Fotos und meinen Bericht, den sie lesen können.«

»Ihre Akte über das erste Opfer, habe ich bereits gelesen.«, antwortete ich, während wir bereits zu der Wand liefen, in der sich die Kühlfächer befanden.

Er öffnete eines, zog die Bare heraus und entfernte das Tuch, mit welchem der Leichnam abgedeckt war.

Sofort schlug mir der Geruch von Bleiche in die Nase.

Der Pathologe reichte mir die Akten vom zweiten und dritten Opfer, damit ich die Bilder der inneren Organe sichten konnte. Anschließend gab er mir Handschuhe und ich begann damit, die Leiche genauer in Augenschein zu nehmen.

Überall am Körper befanden sich kleine Schnitte.

Sie waren nicht tief, hätten aber Narben hinterlassen.

An ihrem Hals hatte sie dunkle Würgemale und an den Handgelenken sah man deutliche Fesselspuren.

»Der Täter ist definitiv Rechtshänder«, erklärte ich nach der Begutachtung des zweiten Opfers, das die gleichen Verletzungen aufwies.

»Wie kommen sie darauf Sam?«, fragte mich Brian, während der Doktor schmunzelte.

»Hast du meinen Bericht noch nicht gelesen, Junge?«

»Nein. Bis vorhin, als der Boss mich zu Sams Partner erklärt hat, hatte ich noch nichts mit dem Fall zu tun«, verteidigte er sich.

»Sehen sie hier den Bluterguss am Hals?«, fragte ich und zeigte darauf. »Auf der linken Seite ihres Halses sieht man deutlich die Abdrücke von Fingern, auf der rechten die des Daumens. Bei der anderen Leiche ist es gleich und ich würde ein Monatsgehalt darauf verwetten, dass es beim ersten Opfer ebenso war.«

Ich blickte zu Doktor Levitt auf, der grinsend nickte.

»Gut kombiniert, Agent Blake.« Er stützte sich auf der Metallbare ab und fixierte mich mit seinem Blick. »Und ist ihnen noch etwas aufgefallen?«

»John, sie ist nicht eine deiner Praktikanten und auch keine Rechtsmedizinerin!«, mischte sich Brian ein.

»Die Rechtsmedizin ist einer der Teilbereiche der Forensik, die ich erlernt habe.«

Ich zwinkerte ihm lächelnd zu und wandte meinen Blick wieder dem Doktor zu, der mich erwartungsvoll ansah.

»Das erste und zweite Opfer waren bereits tot, als sie in Bleiche gebadet wurden. Sie jedoch...« Ich zeigte auf den Leichnam vor mir. »...Wurde darin ertränkt, was man anhand der Bilder von der Lunge, sowie der Luft- und Speiseröhre gut erkennen kann.«

Bei der Vorstellung schnürte es mir den Hals zu.

Ein grausamer Tod.

»Ich frage mich, warum er sie ertränkt hat und die anderen Beiden nicht.«

»Entweder hat sie etwas getan, dass ihn in Rage gebracht hat, oder er hat jetzt generell seine Vorgehensweise geändert, um sich eine größere Befriedigung zu verschaffen. Serienmörder machen das sehr oft. Auch der Abstand zwischen den Morden verringert sich oftmals, weil der Kick mit der Zeit nicht mehr so lange anhält«, beantwortete ich Brians Frage.

»Unser Killer hat die Zeitabstände auch verkürzt, sogar drastisch!«, erwiderte er.

Das war mir auch schon aufgefallen.

Normalerweise ging das etwas langsamer vonstatten.

»Es kann gut sein, dass es noch mehr Opfer gibt, die nicht gefunden wurden, oder im Leben des Mörders etwas passiert ist, was ihn so eskalieren lässt.«

Nachdem wir uns vom Doktor verabschiedet hatten, gingen wir wieder in Brians Büro.

Er ließ mich auf seinem Drehsessel sitzen, während er neben mir stehen blieb und sich mit den Händen auf dem Tisch abstützte.

»Nichts!«, meinte er enttäuscht, nachdem wir einige Zeit in seinem Computer gesucht hatten. »Weder Vermisste, die ins Profil passen, noch ungeklärte Morde bei der die Vorgehensweise übereinstimmt.«

Ich pustete die Luft aus meinen Lungen und ließ mich erschöpft nach hinten fallen.

»Mein Instinkt sagt mir, dass wir etwas übersehen.«

»Ihr Instinkt alleine bringt uns leider nichts, Sam.«

»Ich weiß«, erwiderte ich resigniert und fuhr mir mit beiden Händen über das Gesicht.

»Sie sollten sich ein wenig ausruhen und ich suche weiter.«

Ich schüttelte den Kopf.

»Nein, es geht schon.«

»Sam, wenn sie völlig übermüdet sind, nützen sie niemandem was. Sie können sich hier auf das Sofa legen und sobald ich was gefunden habe, wecke ich sie.«

»Meinetwegen. Aber lassen sie mich bitte nicht zu lange schlafen.«

»Warum? Haben sie noch etwas vor?«

»Auch wenn es sie nichts angeht, aber ja das habe ich. Ich möchte hier zu einer Stelle, an der ich schon seit sechsundzwanzig Jahren nicht mehr war.«

Brian machte große Augen.

»Da waren sie doch sicher noch ein Baby, oder?«

»Gerade erst geboren um genau zu sein, ja.«

Ich stand auf, ging zum Sofa rüber und legte mich hin.

Mittlerweile fand ich die Idee, ein wenig auszuruhen, gar nicht mehr so übel.

»Okay? Das müssen sie mir jetzt aber genauer erklären«, meinte er interessiert und setzte sich auf seinen Stuhl.

»Ich wurde hier geboren. Auf den Tag genau vor sechsundzwanzig Jahren.«

Er zog die Augenbrauen zusammen und betrachtete mich eingehend.

»Sie wurden hier geboren und dieser Tag war zugleich der letzte, an dem sie hier waren?« Mit der rechten Hand, fuhr er sich nachdenklich über den Nacken.

Ich spannte ihn nicht länger auf die Folter und erzählte ihm meine Geschichte.

»Ich wurde untersucht, als Jane Doe registriert, an die Jugendfürsorge übergeben und direkt im Anschluss in ein Heim. Einen Monat später wurde ich adoptiert«, beendete ich meine Erzählung.

»Wow, das ist heftig. Also keiner weiß, wer ihre leibliche Mutter ist?«

»Nein, nur sie weiß es«, antwortete ich träge.

Meine Augen fielen zu.

Ich konnte sie einfach nicht mehr offen halten.

»Willkommen zurück, Sam und happy Birthday«, hörte ich Brian noch raunen, bevor ich einschlief.

3
Die Suche

KILLER

Sie war wieder nicht die Richtige.

Wimmernd hing sie in ihren Fesseln, nachdem ich mit ihr fertig war.

Flehte um ihr Leben, statt mir zu sagen, dass wir, da wir nun gleich waren, zueinander gehörten.

Wut kroch durch meine Adern und ich verlor die Beherrschung.

Ich schnitt ihre Fesseln durch und zerrte sie zu der Wanne mit Bleiche.

Als es Nacht war, konnte ich endlich hinaus und mich auf die Suche machen.

Bereits eine Woche war es her, dass ich die letzte in den Wald gebracht hatte.

Ich streifte durch die Straßen, immer unauffällig in die erleuchteten Fenster schauend.

Nach nur einer Stunde sah ich *sie*.

Sie saß auf der Fensterbank und las ein Buch.

Meine Beine trugen mich fast schon automatisch näher.

Zum Glück gab es ein paar Büsche in der Nähe, so konnte ich sie ungestört beobachten.

Sie trug ein schwarzes Top mit dünnen Trägern, dadurch war es mir möglich, ihre wohlgeformten Brüste zu erkennen.

Ihre Beine steckten in einer langen Schlafhose und sie wackelte die ganze Zeit über mit ihren nackten Zehen.

Mein Blick wanderte wieder ihren Körper hinauf.

Ein langer schlanker Hals, zarte Gesichtszüge.

Ihre blonden Haare hatte sie zu einem Pferdeschwanz gebunden und ich verspürte das Verlangen, diesen zu öffnen.

Sie wurde seitlich von einer Lampe angestrahlt, wodurch zu erkennen war, dass sie blaue Augen hatte.

Ihre Haut, soweit ich sie sehen konnte, war makellos.

Sie war die Richtige.

Ich musste sie haben.

Alles in mir geriet in Aufruhr.

Vorfreude durchflutete mich.

Von nun an, würde ich sie nicht mehr aus den Augen lassen, bis ich die Gelegenheit bekam, sie mir zu holen.

4

Erste Spur

BRIAN

Da lag sie nun.

Auf meinem Sofa.

In meinem Büro.

Als mein Boss mich beauftragte, das FBI um Hilfe zu bitten, war ich alles andere als begeistert, auch wenn ich wusste, dass es notwendig war.

Aber wer hätte auch mit solch einer Schönheit gerechnet?

Sam war gerade mal Sechsundzwanzig und dass sie jetzt schon voll ausgebildet für das FBI arbeitete, hatte sie sicher ihrer Intelligenz und ihrem Gedächtnis zu verdanken.

Doch diese beiden Attribute interessierten mich nicht.

Für mich waren ihr schönes Gesicht, welches von ihren vollen blonden Haaren umrahmt wurde und ihr sexy Körper, mit den perfekten Rundungen von Bedeutung.

Was mich bei ihr jedoch wie magisch anzog, waren ihre Augen.

Groß, mit unglaublich langen Wimpern und ihre Iris hatte ein helles Blau mit einem dunkelblauen Rand.

Jedes verfluchte Mal, wenn ich ihr in die Augen sah, musste ich aufpassen, nicht meine Konzentration zu verlieren.

Das war untypisch für mich.

Mit Mühe wandt ich den Blick von ihr ab und konzentrierte mich wieder auf meinen Computer.

Irgendetwas musste doch zu finden sein, was wir mit unserem Killer in Verbindung bringen konnten.

Auch wenn ich kein Experte für Serienmörder war, wusste ich, dass sie nicht von heute auf morgen anfingen zu töten.

Sie hatten immer auch eine Vorgeschichte.

Seit etwa zwei Stunden durchstöberte ich schon die virtuellen Akten.

Nicht nur ungelöste und Vermisstenfälle, sondern auch aufgeklärte Morde sah ich mir genauer an.

Vielleicht wurde ja jemand unschuldig verurteilt.

Auch nach harmloseren Delikten an Frauen suchte ich, die ins Bild passten.

Meine Augen brannten bereits und ich dachte über eine Kaffeepause nach, als mir der Fall einer Überfallserie mit Körperverletzung von vor vier Jahren ins Auge fiel.

Die Polizei von Silver Bay ging davon aus, dass alle Überfälle vom selben Täter verübt wurden.

Er betäubte die Frauen und schleppte sie in den angrenzenden Wald.

Dort zog er sie bis auf den Slip aus, knebelte sie und wartete bis sie wieder das Bewusstsein erlangten, bevor er ihnen etliche Schnitte mit einem Messer verpasste. Er war maskiert, sprach mit den Frauen kein Wort, aber bei der letzten Frau war er unvorsichtig und hinterließ der Polizei ein Geschenk.

Speichel.

Nach Aussage des Opfers hatte er ihr über die Wange geleckt.

Leider landeten die Ermittler, trotz groß angelegter Speicheltests in der Bevölkerung von Silver Bay keinen Treffer.

Auch nicht in den umliegenden Countys.

Doch für uns war es eine erste Spur zum Täter.

Mit einer Tasse Kaffee bewaffnet, weckte ich Sam auf.

Sie brummte, als ich sie sanft an der Schulter wachrüttelte.

»Wie lange habe ich geschlafen?«, nuschelte sie.

»Fast drei Stunden.«

Sie streckte sich erstmal ausgiebig, wodurch ihr Oberteil nach oben rutschte und nackte Haut an ihrem Bauch freigab.

Blasse, makellose Haut.

Mich erfasste der Drang, sie zu berühren.

Verdammt!

Schnell ballte ich meine freie Hand zur Faust, um mich selbst davon abzuhalten, sie nach ihr auszustrecken.

»Hier, ein Kaffee.« Ich hielt ihr die Tasse mit dem dampfenden Koffein entgegen, nachdem sie sich aufgesetzt hatte.

»Danke.«

Lächelnd nahm sie sie entgegen und nippte kurz daran, bevor sie angewidert das Gesicht verzog.

»Das Zeug schmeckt echt furchtbar! Warum ist der Kaffee auf Polizeirevieren immer so ungenießbar?«

»Das ist die große Preisfrage, die noch keiner beantworten konnte«, entgegnete ich schmunzelnd. »Aber die viel größere Frage ist, wer ist unser Killer? Und ich glaube, diesbezüglich einen Schritt weiter gekommen zu sein.«

Ihre Augen wurden groß und sie sprang so abrupt vom Sofa auf, dass sie beinahe ihren Kaffee verschüttete.

»Sie haben was gefunden?«

»Sieht ganz danach aus. Eine Serie von brutalen Überfällen auf Frauen in Silver Bay, Lake County. Das ist mit dem Auto etwa eine Stunde entfernt. Aber lesen sie selbst.«

Sie setzte sich auf meinen Stuhl und studierte die Akten.

»Das ist definitiv unser Mann!«, rief sie nach einer Weile aus. »Wir brauchen unbedingt die DNA-Probe, damit ich sie zur Analyse an das FBI weitergeben kann.«

»Die müssten wir dann aber selbst abholen, wir haben hier keine Kuriere, wie in einer Großstadt. In Minneapolis ist ein Kurierdienst, der sogar per Express und falls notwendig mit Kühlung überall im Land ausliefert.«

»Wie weit ist das?«

»Nach Silver Bay, eine Stunde und von dort nach Minneapolis, drei bis vier Stunden.«

Sie sah auf ihre Armbanduhr und seufzte.

»Dann sollten sie jetzt die zuständige Polizeibehörde in Silver Bay anrufen und Bescheid geben, dass wir uns umgehend auf den Weg machen.«

»Sind sie sicher? Vor Morgen kommen wir dann nicht mehr zurück.«

»Das ist mir bewusst, Brian. Aber die Aufklärung des Falles ist wichtiger, als meine privaten Pläne.«

Ich nickte und ging zu meinem Telefon, um den Anruf zu erledigen.

Keine Stunde später, fuhren wir bereits auf der Einundsechzig Richtung Silver Bay.

Sam starrte gedankenverloren aus ihrem Seitenfenster während ich mich auf den Verkehr konzentrierte.

»Was ist ihre Geschichte?«, unterbrach sie irgendwann die Stille und ich sah sie einen Moment fragend an, bevor ich meinen Blick wieder nach vorne richtete.

»Geschichte?«

»Ja, was hat sie geprägt?« Ich atmete tief durch die Nase durch und umfasste das Lenkrad so fest, dass meine Knöchel weiß hervortraten. »Tut mir leid, ich wollte ihnen nicht zu nahe treten«, ruderte sie zurück.

»Schon gut, das sind sie nicht«, beruhigte ich sie. »Es sind nur nicht unbedingt schöne Erinnerungen.«

Sie musterte mich einen Moment und sah dann wieder aus dem Fenster.

Es war eindeutig, dass sie mich nicht bedrängen wollte, was ich ihr hoch anrechnete, da die Menschen normalerweise so sehr von ihrer Neugier getrieben waren, dass sie die Gefühle der anderen nicht interessierte.

»Als ich sieben Jahre alt war, hat meine Mutter Selbstmord begangen«, begann ich zu erzählen. »Ihr Arzt meinte, sie sei depressiv gewesen, hätte sich aber nicht behandeln lassen. Ein schwacher Trost für ein kleines Kind, dass sich selbst dafür die Schuld gab.«

»Und ihr Vater?«

»Den kannte ich zu diesem Zeitpunkt noch nicht. Wenn ich sie nach ihm befragte, meinte sie immer nur, dass er weiß, dass es mich gibt, er aber nichts von mir wissen wolle.«

Aus dem Augenwinkel sah ich, wie sie leicht den Kopf schüttelte.

»Hat dann die Jugendfürsorge ihren Vater ermittelt?«

»Er stand in der Geburtsurkunde und nachdem sie ihn über alles informiert hatten, kam ich zu ihm, wuchs bei ihm auf. Er hatte nie ein gutes Wort für mich übrig, keine Umarmung und seine Frau hasste mich.«

»Sie hasste sie? Warum?«

»Weil ich den Beweis dafür darstellte, dass ihr Mann sie betrogen hatte.«

»Oh«, war alles, was sie in dem Moment sagen konnte.

»Und für meinen Vater ist bis heute nie etwas von dem was ich tue gut genug.«

»Das tut mir leid«, entgegnete sie noch, dann kehrte wieder Stille zwischen uns ein und jeder hing seinen Gedanken nach.

Ich fragte mich, warum ich ihr das alles erzählt hatte.

Noch nie habe ich mit jemandem darüber gesprochen, also warum ausgerechnet mit einer Frau, die ich kaum kannte?

Hatte es vielleicht etwas damit zu tun, dass ihre Vergangenheit ebenfalls beschissen war?

»Hallo, ich bin der Stellvertretende Sheriff Brian Moore, ich habe vor etwas mehr als einer Stunde angerufen, wegen der Übernahme von DNA-Proben«, begrüßte ich den Deputy am Empfang im Revier von Silver Bay.

»Einen Moment, Sir. Ich benachrichtige Sheriff Anderson, dass sie hier sind.«

Ich nickte ihm zu, während er zum Telefon griff und drehte mich dann zu Sam um.

»Hoffentlich ist der Sheriff hier nicht so drauf, wie mein Boss.«

»Das hoffe ich auch«, erwiderte sie und kramte aus ihrer Tasche die Befugnis des FBI heraus, die sie sich noch schnell hatte zumailen lassen, bevor wir losfuhren. Sie berechtigte sie, die DNA-Proben an sich zu nehmen und an das Labor des FBI zu schicken.

»Also, Agent Blake«, begann der Sheriff unser Gespräch, nachdem er uns fast eine Stunde hatte warten lassen, während wir uns in seinem Büro setzten. »Wie kommen sie darauf, dass unsere Serie von Überfällen, die immerhin schon vier Jahre zurückliegt, etwas mit dem aktuellen Fall in Grand Marais zu tun hätte?«

Er musterte sie ein wenig herablassend und sein Tonfall verriet, dass er Sam nicht ernst nahm.

Wut kroch durch meine Adern, doch ich nahm mich zurück. Schließlich wusste ich bereits, dass sie durchaus dazu in der Lage war, solchen Idioten Paroli zu bieten.

Wahrscheinlich war sie es sogar gewohnt.

»Bis auf das Töten, ist die Vorgehensweise absolut identisch und...«

»Das muss noch nichts bedeuten!«, unterbrach er sie.

»...und ihr Täter«, redete sie unbeirrt weiter. »Hat sich nur blonde Frauen ausgesucht, richtig? Sie waren allesamt schön, schlank und hatten blaue Augen.« Sie beugte sich in ihrem Stuhl nach vorne und fixierte den verdutzten Sheriff mit ihrem Blick. »Nachdem sie öffentlich preisgaben, dass der Täter Speichel auf dem letzten Opfer hinterlassen hatte, gab es keine weiteren Überfälle mehr, die in das Profil passten, korrekt? Und unser Mörder badet seine Opfer in Bleiche, bevor er sie ablegt. Damit kann er ausschließen, dass DNA-Spuren von ihm gefunden werden können.« Sam lehnte sich wieder zurück und verschränkte die Arme vor der Brust.

»Die Gemeinsamkeiten erkenne ich auch. Aber erklären sie mir doch bitte, wie ein Mann der Frauen überfällt und verletzt, urplötzlich zu einem Mörder werden kann?«

»Gar nicht!«, behauptete sie. »Das passiert nicht von heute auf morgen. Es beginnt meist schon in der Kindheit. Sie zeigen auffälliges Verhalten, können sich zum Beispiel nicht an Regeln halten, Geschwister werden psychisch und auch physisch gequält. Irgendwann reicht das nicht mehr aus und Tiere werden misshandelt.«

»Und wenn das keinen Kick mehr gibt, werden die Tiere getötet«, warf ich ein und Sam nickte.

»Doch auch da bleibt der Nervenkitzel nach gewisser Zeit aus und der Täter geht zum Menschen über«, erklärte sie weiter. »Erst verspürt er Befriedigung darin, sein Opfer nur zu beobachten, dann übt er seine Macht damit aus, sie zu vergewaltigen oder wie in diesem Fall zu überwältigen und verletzen. Irgendwann folgt schließlich der Akt des Tötens. Aber wie sie sich mittlerweile vielleicht denken können, geschieht dies nicht über Nacht, auch nicht über Wochen oder Monate. Und zwischen ihrem Fall und unserem ersten Mord, liegen immerhin drei Jahre!«

»Und wenn das töten dem Täter auch nicht mehr ausreicht? Welche Steigerung gibt es dann noch?«, fragte Anderson ehrlich interessiert.

»Als Beispiel: Ein Mann tötet eine Frau und zwei Jahre lang passiert nichts, bevor er wieder tötet, da er in dieser Zeit immer wieder in der Erinnerung an seinen Mord schwelgt und sich damit ausreichend befriedigen kann, hat sich vielleicht sogar eine Trophäe von seinem Opfer genommen. Nach seinem dritten Mord, ist die Erinnerung nur noch für achtzehn Monate ausreichend und er tötet entsprechend früher. Nach seinem fünften Mord, schlägt er bereits nach einem Jahr wieder zu und so weiter.«

»Eine Trophäe?«, hakte der Sheriff nach.

»Ja, das kann ein Stück der Kleidung sein, eine Haarsträhne oder sogar Körperteile, die er abschneidet. Manche machen auch einfach ein Foto ihres Opfers.«

»Unser Täter schnitt den Frauen eine Haarsträhne ab«, offenbarte er uns. »Zumindest gehen wir davon aus, dass er es war.«

Sam zog die Augenbrauen zusammen.

»Sie gehen davon aus?«

»Ja, allen Frauen wurde einen Tag, bevor sie überfallen wurden, von einem Unbekannten eine Haarsträhne im Vorbeilaufen abgeschnitten.«

»Das ist interessant!«, meinte Sam und sah zu mir. »Brian, sie müssen nachher Doktor Levitt anrufen. Er soll herausfinden, ob unseren Opfern ebenfalls eine Strähne fehlt. Wie es scheint, beobachtet er die Frauen, bevor er zuschlägt.« Sie dachte einen Augenblick nach und tippte sich dabei mit dem Zeigefinger auf die Unterlippe. »Sheriff, zu welcher Tageszeit wurde den Frauen das Haar abgeschnitten?«

»Die Uhrzeiten waren unterschiedlich, aber es war immer schon dunkel. Ebenso bei dem Überfall.«

Nach diesen Worten sah ich zu Sam, die mich ebenfalls anblickte und zur selben Zeit, traf uns der Blitz der Erkenntnis.

»Eine Ausgangssperre!«, sagten wir dann auch noch wie aus einem Mund und ich griff nach meinem Smartphone.

»Ich rufe meinen Boss an. Bis wir wieder zurück sind, könnte es bereits zu spät sein.«

Während ich die Nummer heraussuchte, stand ich auf und ging ein paar Schritte von den anderen weg.

Gut eine Minute ließ ich es klingeln, bevor ich wieder auflegte.

Wo trieb er sich bloß rum?

Also wählte ich kurzerhand die Zentrale an.

»Sheriffs Department Grand Marais, Deputy Collins am Apparat.«

»Dany, ich bin es Brian. Ist der Boss unterwegs? Ich habe versucht ihn anzurufen.«

»Brian, hallo. Nein, er ist da. Vielleicht macht er gerade Kaffeepause. Soll ich ihm etwas ausrichten?«

»Ja, aber es ist wirklich wichtig! Du weißt doch, dass wir gerade in Silver Bay ermitteln. Und wir sind uns mittlerweile sicher, dass es sich bei dem Täter auch um unseren Mörder handelt. Hier hat er immer nur im Dunkeln zugeschlagen und die Wahrscheinlichkeit, dass er das jetzt auch noch tut, ist sehr hoch. Sag dem Boss bitte, er muss umgehend eine Ausgangssperre verhängen. Mit Glück, können wir damit einen weiteren Mord verhindern.«

»Kein Problem, ich gebe es auf dem schnellsten Weg weiter.«

»Danke. Ach und sag Levitt, er soll bei den beiden Opfern nachsehen, ob ihnen eine Haarsträhne abgeschnitten wurde. Das hat der Täter nämlich hier kurz vor dem Überfall getan.«

Auch hier versprach er mir, meine Nachricht umgehend weiterzuleiten und wir verabschiedeten uns.

Als ich mich zu den anderen umdrehte, kam mir Sam schon entgegen.

»Sheriff Kinkade konnte ich nicht erreichen, aber ich habe es einem unserer Deputys aufgetragen. Ebenso das für den Doktor.«

»Sehr gut. Die haben übrigens insgesamt drei DNA-Proben vom Täter und wir können zwei davon haben. Dadurch können wir auch eine für Doktor Levitt mitnehmen. So hat er etwas zum vergleichen, falls der Killer nachlässiger werden sollte und ich habe mit Sheriff Anderson ausgemacht, dass wir uns später bei einem der Opfer treffen, nachdem wir im Hotel eingecheckt haben.«

»Sie wollen hier übernachten?«, fragte ich nach, da sie es doch so eilig hatte, nach Minneapolis zu kommen.

»Es ist schon fast fünf Uhr. Bis wir dort ankommen, hat der Kurierdienst schon geschlossen und unsere DNA-Proben würden zusätzlich zur Transportzeit, auch noch die ganze Nacht auf dem Trockeneis liegen. Das Risiko, dass mit den Proben etwas passiert ist mir zu hoch.«

»Schon gut, habs kapiert. Und so können wir wenigstens die Zeit nutzen und mit einem der Opfer sprechen. Hoffentlich finden wir etwas Neues heraus.«

Kurz darauf standen wir an der Rezeption des einzigen Hotels dieser Stadt und Sam fragte nach Zimmern.

Hinter dem Tresen empfing uns ein alter Mann, etwa Mitte sechzig.

Sein graues Haar stand ihm wild zu allen Seiten ab und er hatte eine qualmende Zigarre im Mund.

Konzentriert tippte er auf seinem Computer herum, der noch aus der Steinzeit zu stammen schien.

»Tut mir leid, Ma'am«, meinte er nach einer Weile und sah Sam entschuldigend an. »Aber ich habe nur noch ein Zimmer mit Doppelbett frei.«

Sam schnappte hörbar nach Luft. Der Gedanke, mit mir ein Bett zu teilen, schien sie nicht sonderlich zu erfreuen.

»Ist das ihr Ernst? Wie kann zu einer normalen Jahreszeit ihr ganzes Hotel belegt sein?«

»Am Wochenende haben wir ein großes Fest, das schon seit Generationen dafür genutzt wird, weggezogene Familienmitglieder einzuladen und wiederzusehen. Leider haben nicht alle auch den Platz, um ihre Verwandten in den eigenen vier Wänden unterzubekommen«, erklärte er geduldig.

Sam trommelte nervös mit ihren Fingern auf dem Tresen herum und überlegte ganz offensichtlich, was sie jetzt tun sollte.

Als sie schließlich hilfesuchend den Kopf zu mir drehte, entdeckte sie das breite Grinsen in meinem Gesicht, dass ich mir beim besten Willen nicht verkneifen konnte.

»Finden sie das etwa witzig?«, fragte sie mich prompt und drehte sich komplett zu mir. »Wenn sie das so amüsiert, können sie ja im Auto schlafen und ich habe das Zimmer für mich!«

»Warum sollte ich im Auto schlafen? Sie haben doch ein Problem damit, mit mir ein Zimmer zu teilen«, entgegnete ich frech und trat einen Schritt näher an sie heran.

»Nicht das Zimmer ist das Problem, sondern das Bett.«

»Sind sie etwa so verklemmt?«, reizte ich sie weiter.

Sie schnappte wieder nach Luft und ihre Wangen nahmen tatsächlich einen zarten Rotton an.

Eine gestandene FBI-Agentin wurde wegen mir rot?

Scheiße, machte mich das gerade an!

Doch sie fasste sich schnell wieder, stemmte ihre Hände in die Hüften und funkelte mich wütend an.

»Ich bin ganz sicher nicht verklemmt!«, verteidigte sie sich und sah mich herausfordernd an.

»Wir nehmen das Zimmer«, sagte ich zu dem alten Kauz, ohne den Blick von Sam abzuwenden. »Ich bezahle«, fügte ich noch hinzu und zückte meine Karte.

»Vergessen sie es! Das zahlt mein Vorgesetzter.«

Beide hielten wir nun dem armen Mann erwartungsvoll unsere Kreditkarte unter die Nase, der diese abwechselnd ansah und sich nicht entscheiden konnte.

»Ich arbeite für das FBI!«, knurrte Sam drohend, was ihn umgehend dazu veranlasste, nach ihrer Karte zu greifen.

Mich wiederum brachte es zum Lachen.

Diese Frau war unglaublich.

Nachdem alles erledigt war und sie den Schlüssel bekommen hatte, drehte sie sich mit einem triumphierenden Lächeln zu mir um.

Ich beugte mich zu ihr herunter, bis meine Lippen beinahe ihr Ohr berührten.

»Das sie das Kartenduell gewonnen haben, ändert nichts an der Tatsache, dass wir uns heute Nacht ein

Zimmer teilen werden!«, raunte ich und ihr Lächeln verschwand.

5

Ganz nah

KILLER

Bereits den gesamten Tag folgte ich ihr, hielt dabei stets genügend Abstand.

Ich sah ihre makellose Haut, wollte sie unbedingt berühren.

Doch noch war es nicht so weit!

Ich musste mich gedulden, mich zügeln, sonst würde ich es mir selbst verderben.

Als sie am Abend wieder in ihrer Wohnung verschwand, ging sie duschen.

Die Bilder von ihr unter dem heißen Wasserstrahl, überschlugen sich in meinem Kopf.

Ob sie in Wirklichkeit ebenfalls so makellos war?

Als sie einige Minuten später aus dem Badezimmer trat, keuchte ich erregt auf.

Sie war nackt.

Verschwendete keinen Gedanken daran, dass sie vielleicht durch eines ihrer Fenster beobachtet werden könnte.

Die Versuchung, mich direkt an das Glas zu pressen, war unbeschreiblich groß und verlangte mir all meine Selbstbeherrschung ab.

Ich sah sie bereits gefesselt bei mir.

Spürte schon fast ihre makellose Haut unter meinen Fingern, die augenblicklich zu kribbeln begannen.

Nicht mehr lange, dann würde ich sie mir holen.

Dann gehörte sie mir.

Sie zog sich enge Jeans und Pullover an.

Mit dieser Kleiderwahl, überließ sie der Fantasie nur wenig.

Nachdem sie ihre Haare getrocknet und mit Schminke ihr makelloses Gesicht verschandelt hatte, ging sie in eine Bar und vernebelte ihren Verstand mit Alkohol.

Wie konnte sie ihren perfekten Körper nur derart vergiften?

Doch für das, was ich vorhatte, war es von Vorteil.

Auf leisen Sohlen folgte ich ihr nach zwei Stunden wieder zurück zu ihrer Wohnung.

Dieses Mal jedoch schlich ich mich ganz nah an sie heran.

Ich konnte schon fast den Duft ihres Haares wahrnehmen.

Meine Hand wanderte beinahe automatisch in die Innentasche meiner Jacke, um das Messer herauszuholen.

Ich musste nur noch meine Hand nach ihr ausstrecken.

6
Selbstbeherrschung

SAMANTHA

Die meisten würden dieses Hotelzimmer wohl als Zumutung erachten, doch ich war weitaus Schlimmeres gewohnt.

Wenn man ständig im ganzen Land unterwegs war, um der örtlichen Polizei bei der Aufklärung von Mordfällen zu unterstützen, hatte man oftmals keine große Wahl, wo man die Nacht verbrachte.

Ich checkte bereits in Motels ein, wo ganze Horden von Krabbelviechern die Flucht ergriffen, wenn man die Bettdecke zurückschlug.

Brian war im Badezimmer verschwunden, während ich die Zeit nutzte, um vor einem großen Spiegel, welcher über einer Kommode an der Wand hing, meine Haare zu bürsten.

Dachte er tatsächlich, ich sei verklemmt?

Ich war alles andere als das.

Aber mit ihm in einem Bett zu schlafen, war gefährlich.

Die Anziehungskraft, die er auf mich ausübte, war stark und ich traute mir selbst nicht über den Weg, auch meine Finger bei mir zu behalten.

Zum Glück war das Bett so groß, dass bequem drei Personen darin Platz finden würden und somit war zumindest ein Sicherheitsabstand gewährleistet.

Vollkommen in meinen Gedankengängen versunken, bemerkte ich Brian erst, als er bereits direkt hinter mir stand.

Mit seiner Nasenspitze strich er über mein Haar am Hinterkopf und schloss die Augen, während er tief einatmete.

Ein angenehmes Kribbeln breitete sich in meinem Bauch aus.

Gar nicht gut!

Er öffnete wieder seine Lieder und fixierte mich über den Spiegel mit einem derartigen Raubtierblick, dass mir sofort heiß wurde.

»Also nicht verklemmt, ja?«, raunte er und stützte sich sowohl rechts als auch links von mir auf der Kommode ab.

Ganz toll, jetzt war ich eingekeilt.

Das hätte ich doch kommen sehen müssen!

»Nein, bin ich nicht«, entgegnete ich und drehte mich zu ihm um. »Das bedeutet aber nicht, dass sie mir zu nahe treten dürfen.«

Ich merkte, wie sich meine Atmung beschleunigte.

Dieser Mann kratzte ganz schön an meiner Selbstbeherrschung!

»Die Frage ist doch, ob sie wollen, dass ich ihnen zu nahe trete«, entgegnete er selbstsicher grinsend und gerade als ich Luft holte, um ihm eine Antwort zu geben, senkte er seinen Mund auf meinen.

Großer Gott, fühlte sich das gut an!

Wie sich seine warmen weichen Lippen auf meinen bewegten.

Sein heißer Atem, der sich mit meinem vermischte.

Mit seiner rechten Hand packte er mich am Hintern, drückte mich an sich und ich keuchte vor Überraschung auf.

Diese Gelegenheit ließ er sich nicht entgehen und eroberte meinen Mund mit seiner Zunge.

Innerhalb eines Wimpernschlags hatte er die Mauer meiner Selbstbeherrschung durchbrochen und ich schlang meine Arme um seinen Hals.

Erst das Klingeln meines Telefons holte mich in die Realität zurück.

Was tat ich da bloß?

Ich unterbrach den Kuss, was er mit einem Knurren quittierte, schob ihn mühsam von mir und holte mein Smartphone aus der Hosentasche meiner Jeans.

»Spezial Agent Blake?«, meldete ich mich und sah Brian in die Augen, der schwer atmend auf mich herabblickte.

»Sheriff Anderson hier. Ich habe mit einem der Opfer gesprochen. Sie heißt Carol Monroe und ist bereit, ihnen alles zu erzählen.«

»Wann können wir uns mit ihr treffen?«

»Ich schicke ihnen gleich ihre Adresse. Dort sollen wir in dreißig Minuten sein.«

»In Ordnung, das schaffen wir. Dann bis später.«

Ich legte auf und verstaute das Telefon wieder in meiner Tasche.

»In einer halben Stunde sollen wir bei Carol Monroe, einem der Opfer sein«, brachte ich ihn auf den neuesten Stand und wandt mich aus seiner Umklammerung.

Ohne ein Wort zu sagen, drehte er sich zu mir um, setzte sich mit vor der Brust verschränkten Armen, auf die Kante der Kommode und beobachtete mich.

Hektisch kramte ich mein Beautycase aus der kleinen Reisetasche und verschwand im Bad.

Dieser Kuss war gigantisch, aber ein riesiger Fehler.

Wie sollte ich ihm jetzt noch in die Augen sehen können, ohne daran zu denken?

Mit geübten Handgriffen, hübschte ich in wenigen Minuten mein Gesicht wieder auf und atmete dann nochmals tief durch, bevor ich die Tür öffnete und hinaustrat.

Als wäre er eingefroren, saß er noch genau so da wie vorhin und starrte mich an.

»Das war ein Fehler!«, begann ich auszusprechen, was unvermeidlich war.

»Ach ja?«

»Ja!«

»Warum?«, fragte er, stand auf und kam auf mich zu.

»Weil es unprofessionell ist.«

»Unprofessionell? Ernsthaft?« Er hob seine rechte Hand und wollte sie mir an die Wange legen. Ich schob sie von mir, doch er packte blitzschnell nach meinem Handgelenk. »Da bin ich definitiv anderer Meinung! Nur weil wir uns anziehend finden und ein wenig Spaß miteinander haben, sind wir noch lange nicht unprofessionell!«

»Wir ermitteln in einer Mordserie, Brian. Darauf sollten wir uns konzentrieren und nicht darauf, uns gegenseitig an die Wäsche zu gehen«, widersprach ich ihm.

»Ach, ist das dein Verständnis von Logik?«, fragte er mich plötzlich duzend, ließ mein Handgelenk wieder los und grinste mich an. »Meinst du, ich kann mich besser auf meine Arbeit konzentrieren, wenn du die ganze Zeit um mich bist und ich permanent Kopfkino mit uns beiden habe?«

Wenn ich ehrlich zu mir war, fand ich seine Argumentation sogar logischer als meine.

Doch ich würde den Teufel tun und das zugeben.

»Schon mal etwas von Selbstbeherrschung gehört?«, stellte ich eine Gegenfrage. »Wir sollten los, sonst kommen wir zu spät.«

Erhobenen Hauptes marschierte ich an ihm vorbei aus dem Zimmer, wo ich ihn noch leise lachen hörte.

So ein Blödmann!

Als wir bei der Adresse ankamen, wartete der Sheriff bereits auf uns.

Gemeinsam gingen wir zur Eingangstür des kleinen zweistöckigen Hauses und Brian drückte auf die Klingel.

Keine Minute verging, als eine junge Frau ende Zwanzig öffnete.

»Hallo, kommen sie rein.« Sie trat einen Schritt zur Seite und ließ uns eintreten. »Dort links ist das Wohnzimmer, setzen sie sich bitte.«

Nachdem wir uns alle gesetzt hatten, sah sie unsicher in die Runde und kratzte sich nervös am Nagelbett herum.

»Keine Sorge, sie müssen uns nicht die ganze Geschichte erzählen«, versuchte ich sie zu beruhigen. »Wir haben nur ein paar Fragen an sie.«

Sie nickte und zwang sich tapfer zu einem Lächeln.

Ich sah zu Brian, der mir bedeutete die erste Frage zu stellen.

»Carol, ist ihnen bei dem Täter irgendeine Besonderheit aufgefallen? Narben, Tatoos, hat er gehumpelt?«

Sie schüttelte mit dem Kopf, den Blick starr nach vorne gerichtet. Doch dann sah sie mich fast schon erschrocken an und ich wusste, ihr war etwas eingefallen.

»Das hatte ich vollkommen vergessen«, begann sie und blickte den Sheriff entschuldigend an. »Als er... nachdem er mit mir...« Sie brach ab und senkte den Blick.

Auch nach vier Jahren nahm sie das Erlebte noch sichtlich mit.

Ich stand von meinem Sessel auf, setzte mich neben sie auf das Sofa und nahm ihre Hand.

»Lassen sie sich Zeit, Carol.«

»Irgendwas sagt mir, dass sie diese Zeit nicht haben«, entgegnete sie und suchte den Blickkontakt zu mir. »Warum sind sie hier? Ich meine, das FBI? Der Sheriff meinte, sie hätten eine neue Spur, aber ich habe das Gefühl, dass da mehr dahintersteckt.«

Ich atmete tief durch und sah abermals zu Brian, der mir lächelnd zunickte.

»In Grand Marais werden Frauen entführt und getötet. Die Vorgehensweise ist die gleiche wie bei ihnen und den anderen Frauen. Wir sind uns sicher, dass es sich um den selben Täter handelt.«

Sie schluckte schwer.

»Nachdem er damit fertig war mich zu schneiden, hat er das Messer an seinem Pullover abgewischt. Dadurch konnte ich einen Blick auf seinen Bauch werfen.« Sie ließ meine Hand los und schob den Ärmel ihres Oberteils nach oben.

Ihr Arm war übersät mit feinen Narben.

Zeugnisse dessen, was dieser Mistkerl ihr und den anderen Frauen angetan hatte.

»An seinem Bauch hatte er die gleichen Narben wie ich.«

Ich ließ mir nicht anmerken, wie aufregend ich diese Neuigkeit fand, das wäre ihr gegenüber nicht angemessen gewesen.

Er ahmte also das nach, was ihm selbst einmal widerfuhr.

»An was können sie sich noch erinnern?«

»Grüne Augen und braune Haare.«

»Er hatte doch eine Skimaske auf, oder nicht?«, hakte der Sheriff nach.

»Ja, aber immer wieder schob sich eine Strähne vor die Augen«, erklärte sie und überlegte dann weiter. »Er schien wütend auf mich zu sein.«

»Wütend? Inwiefern?«, hakte ich nach.

»Er knurrte und schüttelte mich, als ob er erwartete, dass ich irgendwas zu ihm sage.«

Das war seltsam und in diesem Moment konnte ich mir keinen Reim darauf machen.

»In Ordnung, Carol. Ich denke, das war es schon. Oder hat einer von ihnen noch eine Frage?«

Ich sah zu Sheriff Anderson und Brian, die beide den Kopf schüttelten.

Als ich gerade aufstehen wollte, hielt mich Carol am Arm fest.

»Darf ich ihnen meine Telefonnummer geben?«

»Sie wollen, dass ich ihnen mitteile, wenn wir ihn geschnappt haben, richtig?«

Sie nickte und sah wieder auf ihre Finger.

»Wenn es keine Umstände macht? Denn dann kann ich vielleicht endlich mit der ganzen Sache abschließen.«

»Kein Problem. Und ich gebe ihnen meine Karte, damit sie mich anrufen können, falls ihnen noch etwas einfällt.«

»Das wievielte Opfer war Carol?«, fragte Brian den Sheriff, nachdem wir einige Schritte vom Haus entfernt waren.

»Nach ihr gab es noch zwei weitere Opfer.«

»Und haben die anderen ebenfalls davon berichtet, dass er wütend auf sie wirkte?«, hakte ich nach und er nickte.

»Man kann sagen, dass sich seine Wut von Opfer zu Opfer gesteigert hat. Die ersten drei, haben nichts in der Art berichtet. Das Ganze ging mit der vierten Geschädigten los, da wirkte er ungehalten und das letzte Opfer wurde sogar geschlagen und anschließend bis zur Ohnmacht gewürgt.«

»Warum zur Hölle, steht davon nichts in den Akten?«, fragte ich verständnislos.

»Hören sie«, begann er und hob dabei beschwichtigend die Hände. »Wir waren damals heillos überfordert, wodurch wir unter anderem nicht dazu kamen die Akten einzuscannen. Und kurz nach unserer DNA-Suche, brach bei uns im Archiv ein Feuer aus und hat dort alles vernichtet.«

»Und die Akten haben sie dann aus dem Gedächtnis rekonstruiert?«

»Richtig.«

»Und das mit der Wut, den Narben, Augen und Haarfarbe haben sie einfach weggelassen, weil?«

»Das mit den Narben und der Beschreibung, hörte ich heute auch zum ersten Mal. Das andere erschien mir damals einfach nicht so wichtig.«

»Nicht so...« Ich unterbrach mich selbst und raufte mir die Haare. »Großer Gott, Sheriff! Alles ist wichtig!

Ganz egal, ob es sich um einen Diebstahl oder um einen Mord handelt!«

Brian legte mir seine Hand auf die Schulter und ich atmete erst einmal tief durch.

»Sheriff, sie sagten eben, dass das Archiv kurz nach der Speicheltest-Aktion abgebrannt ist. Haben sie herausgefunden, wer oder was dafür verantwortlich war?«, hakte Brian nach.

Darauf wäre ich sicher auch noch zu sprechen gekommen, wenn mich die Inkompetenz des Sheriffs nicht so aus der Fassung gebracht hätte.

Doch das ein kleiner Provinz-Polizist so gut eins und eins zusammenzählen konnte, überraschte mich.

Untermauerte jedoch mein Gefühl, welches mir von Anfang an sagte, dass Brian mehr auf dem Kasten hatte, als er in seinem Job zeigen konnte.

»Die Feuerwehr ermittelte Brandstiftung. Einen Täter konnten wir jedoch nie finden.«

»Weil es wahrscheinlich der gleiche war, der die Frauen überfallen hat und abgehauen ist«, klärte ich den Sheriff auf, der mich so überrascht ansah, als hätte ich ihm gerade mitgeteilt, dass Cinderella höchst persönlich seine Mutter sei!

Ich schüttelte nur den Kopf und ging zu Brians Auto.

»Wir sehen uns morgen früh«, verabschiedete der sich noch viel zu höflich vom Sheriff, bevor er nachkam.

Zurück im Hotelzimmer schmiss ich mich rückwärts auf das Bett.

»Gott, bin ich fertig!«, stöhnte ich müde und streckte mich.

Plötzlich merkte ich, dass Brian zu mir auf die Matratze kam, konnte jedoch nicht mehr rechtzeitig reagieren.

Mit der einen Hand hielt er meine Handgelenke fest und mit der anderen stützte er sich neben meinem Kopf ab, während er sich halb auf mich legte.

»Du bist so unfassbar sexy!«, raunte er, während er mit seiner Nasenspitze meinen Unterkiefer entlangfuhr. »Deine Haut ist so zart.«

Verdammt, das fühlte sich viel zu gut an.

Als er dann auch noch mit seinen Lippen hauchzart über meine strich und dabei leise stöhnte, musste ich die Reißleine ziehen.

»Stop!«, sagte ich bestimmt und versuchte mich von ihm zu lösen.

Nur widerwillig gab er mich frei und setzte sich etwas frustriert auf.

»Ich besorge uns was zum Essen«, brummte er. »Ich brauch frische Luft.«

Ruckartig stand Brian auf, verließ das Zimmer und knallte die Tür hinter sich zu.

Scheiße!

Unter anderen Umständen würde ich mich nicht so anstellen.

Er musste mich für eine totale Idiotin halten!

Ich atmete tief durch und schnappte mir ein paar frische Sachen.

Erstmal brauchte ich eine Dusche!

Als ich aus dem Bad kam, saß Brian auf dem Bett.

Vor ihm eine riesige Ladung an Burgern und Pommes.

»Wer soll das denn alles essen?«, fragte ich amüsiert, doch er zuckte lediglich mit den Schultern.

»Mir war einfach danach, mich vollzustopfen.«

Er war immer noch angepisst.

Ich setzte mich zu ihm auf das Bett und wir begannen wortlos mit dem Essen.

Doch nach nur ein paar Pommes schien er es nicht mehr auszuhalten und schließlich unterhielten wir uns während des gesamten Essens über Gott und die Welt.

Ich musste mir eingestehen, ihn immer interessanter zu finden.

»Man bin ich jetzt voll«, jammerte ich, nachdem ich zwei Burger und eine riesige Portion Pommes verdrückt hatte.

Ich fühlte mich wie eine Tonne.

»Was war das peinlichste, dass dir jemals passiert ist«, fragte er mich unvermittelt und schmunzelte.

»Das wollen sie nicht wissen.«

Er sah mich nachdenklich an.

»Doch, das will ich.«

Ich sah ihm in die Augen und überlegte, ob ich es ihm erzählen sollte.

Schließlich entschied ich mich dafür, denn wir mussten einander vertrauen und das ließ sich am besten aufbauen, wenn man sich das ein oder andere Geheimnis anvertraute.

Zugleich würde es ihm auch aufzeigen, warum ich ihn nicht an mich heranlassen wollte.

»Vor knapp einem Jahr, als ich frisch aus der Ausbildung kam, habe ich mit einem aus meinem Team geschlafen«, ließ ich die Bombe platzen und er zog die Augenbrauen nach oben. »Immer wenn wir unter uns waren, hatte er mich angegraben und ich gab irgendwann nach. Als ich am nächsten Morgen zur Arbeit kam, sahen mich alle ganz seltsam an und nach kurzer Zeit, erfuhr ich auch warum.«

»Er hat es allen erzählt?«, fragte er dazwischen und ich nickte. Brian schnaubte und schüttelte den Kopf. »Sam, auch wenn ich verstehen kann, dass du diesbezüglich ein gebranntes Kind bist, aber so etwas würde ich niemals machen!«

Er log nicht, das konnte ich sehen.

Aber würde es etwas zwischen uns ändern?

Keine Ahnung.

»Ich habe bis heute damit zu kämpfen, ernst genommen zu werden. Nur mein Chef hält bisher eisern zu mir, was aber ebenfalls zu Gerüchten führt.«

»Warum lässt du dich nicht versetzen?«

»Weil ich dann meinen Job nicht mehr so machen könnte, wie ich ihn liebe. Von Ort zu Ort durch das ganze Land reisen und der Polizei bei den schwersten Fällen helfen.«

»Dann mach dich selbstständig.«

»Sie meinen, als private Ermittlerin?« Ich schüttelte den Kopf. »Welche Behörde, zahlt denn Geld dafür, wenn sie auch kostenfreie Hilfe vom FBI haben kann?«

Er beugte sich zu mir vor und grinste.

»Also mein Boss hätte lieber einen privaten Ermittler bezahlt, als sich vor dem FBI die Blöße zu geben, nicht dazu in der Lage zu sein diesen Fall zu lösen.«

Seine Worte stimmten mich nachdenklich.

War das vielleicht tatsächlich eine Option für mich?

7

Die Frau im Schaufenster

BRIAN

Mit meiner Frage, was das Peinlichste war, dass ihr in ihrem Leben passierte, bezweckte ich eigentlich sie ein wenig aufzulockern.

Ich erreichte das genaue Gegenteil.

Aber dafür wusste ich jetzt wenigstens, warum sie sich so vehement gegen meine Annäherungsversuche wehrte.

Doch würde ich nun damit aufhören?

Sicher nicht.

Sie hatte etwas an sich, dem ich nicht widerstehen konnte.

Sam berührte was in mir.

Doch ich war nicht dazu in der Lage zu verstehen, was es war geschweige denn es zu definieren.

Fakt war jedenfalls, dass ich sie mittlerweile nicht nur noch wegen ihres Aussehens attraktiv fand.

Nachdem wir die Reste unseres Essens weggeräumt hatten, ging ich ebenfalls noch unter die Dusche.

Sie lag bereits im Bett und schlief, als ich wiederkam.

Also legte ich mich einfach neben sie, hielt brav einen kleinen Sicherheitsabstand.

Doch kaum war ich eingeschlafen, weckte sie mich wieder.

Sie wälzte sich unruhig hin und her, hatte offenbar einen Alptraum.

Sollte ich sie aufwecken?

Ich entschied mich dagegen, wollte sie jedoch nicht gefangen in ihrem Traum weiterschlafen lassen.

Nachdem ich näher zu ihr gerückt war, schloss ich sie in meine Arme und sie entspannte augenblicklich.

Scheiße, fühlte sich das gut an!

Der Duft ihrer Haare stieg mir in die Nase und ich spürte ihre weiche Haut unter meinen Fingern.

In mir wuchs der Drang, meine Hände auf Wanderschaft gehen zu lassen, ihren Körper mit ihnen zu erforschen.

Doch ich wusste, sie brauchte noch Zeit und auch wenn es mich gerade tierisch anmachte, sie in meinen Armen zu halten, unterdrückte ich mein Verlangen nach ihr.

Das war echt nicht leicht.
Aber nach einiger Zeit konnte ich mich endlich entspannen, fühlte mich wohl und schlief schließlich ein.

Als ich am nächsten Morgen die Augen aufschlug, lag sie immer noch in meinen Armen.

Doch sie schlief nicht.

Mit fragendem Blick starrte sie mich an und brachte mich damit zum Lachen.

»Keine Sorge, ich war anständig, auch wenn es mir verdammt schwer fiel«, beruhigte ich sie. »Du hattest einen schlechten Traum und ich wollte dich nicht wecken.«

Ich löste die Umarmung und stützte den Kopf auf meiner Hand ab.

»Danke«, flüsterte sie und schenkte mir ein Lächeln.

»Hast du öfter solche Träume?«, fragte ich sie und strich ihr eine Haarsträhne aus dem Gesicht.

»Das war die erste Nacht, die ich seit langem durchgeschlafen habe.«

Sie hatte jede verdammte Nacht einen Alptraum?

»Daran ist doch sicher dein Job schuld, oder? Warum machst du ihn, wenn er dich so mitnimmt?«

»Weil mich diese Arbeit dennoch erfüllt. Ich helfe der Polizei bei ihren Fällen, wenn sie selbst nicht mehr weiter wissen und kann dabei Hinterbliebenen Frieden schenken und verhindern, dass es noch mehr Opfer gibt.«

Auch wenn ich den Gedanken daran nicht mochte, wie sie sich jede Nacht quälte, konnte ich ihre Beweggründe verstehen.

Ich legte ihr meine Hand auf die Wange, streichelte mit meinem Daumen ihr Jochbein und gab ihr, tief durch die Nase einatmend, einen Kuss auf die Stirn.

»Wir müssen aufstehen und nach Minneapolis fahren.«

»Ich weiß«, flüsterte ich.

Nach erfolgreicher Mission, kamen wir fast zehn Stunden später wieder in Grand Marais an und fuhren direkt ins Sheriff Department, um Kinkade über alles in Kenntnis zu setzen.

Doch als wir ins Gebäude traten, erwartete uns eine Überraschung.

Eine junge Frau stand völlig aufgelöst am Empfangstresen und redete wie ein Wasserfall auf den komplett überforderten Deputy Larkin ein.

»Bitte, ich muss zum Sheriff. Jemand hat mir heimlich Haare abgeschnitten...«, hörte ich heraus und meine Alarmglocken begannen sofort zu schrillen.

Mein Blick huschte direkt zu Sam, die große Augen machte.

Sie schien es ebenfalls gehört zu haben.

»Ma'am«, sprach ich die junge Frau an, nachdem ich näher getreten war. »Ich bin der stellvertretende Sheriff. Mein Name ist Brian Moore und das ist Samantha Blake.« Ich legte ihr meine Hand auf den unteren Rücken. »Kommen sie bitte mit, dann können sie uns alles in Ruhe erzählen.«

Sie nickte und gemeinsam gingen wir in mein Büro.

»Also, beginnen wir erst einmal mit ihrem Namen«, startete ich das Gespräch, während wir uns setzten.

»Diana Forster.«

»Dürfen wir sie Diana nennen?«

»Ja, natürlich.«

»Ich habe vorhin mitbekommen, dass ihnen Haare abgeschnitten wurden. Können sie ungefähr sagen, wann das passier ist?«

»Das muss gestern Nacht auf dem Heimweg passiert sein. Ich hatte das Gefühl, beobachtet zu werden. Aber ich dachte, es würde am Alkohol liegen.«

Ich sah kurz zu Sam, die mich ebenso fragend anblickte, wie ich sie.

Gestern Nacht?

Wusste sie nichts von dem Ausgangsverbot?

»Hatte der Sheriff denn keine Ausgangssperre ausgesprochen?«

Diana sah mich nur total verwirrt an und mir war klar, dass sie keine Ahnung hatte, wovon ich sprach.

Deputy Furgison hatte sich angeboten, Diana nach Hause zu bringen und vor ihrem Haus Wache zu schieben, während Sam und ich zu Kinkade gingen.

»Brian, du bist schon wieder zurück?«, fragte er verwundert, als wir in sein Büro kamen.

»Warum hast du keine Ausgangssperre verhängt?«, platzte es aus mir heraus.

»Aus welchem Grund, hätte ich das tun sollen? Weil *du* die vage Vermutung hast, der Killer würde nur nachts zuschlagen?«

So ein arroganter Pisser!

»Hör zu, wir haben in Silver Bay mit einem der Opfer gesprochen und mit dem Sheriff. Es ist nicht nur eine vage Vermutung. Der Täter hat den Frauen eine Nacht, bevor er sie sich geholt und mit einem Messer malträtiert hat, eine Haarsträhne abgeschnitten! Bis auf das Töten, ist die Vorgehensweise identisch mit der unseres Mörders.«

»Sheriff, Brian hat Deputy Furgison gerade eine junge Frau heim bringen lassen, um bis morgen Früh auf sie aufzupassen, weil ihr letzte Nacht, von einem Unbekannten eine Haarsträhne abgeschnitten wurde«, erklärte Sam verzweifelt. »Sehen sie denn nicht die Zusammenhänge?«

»Den einzigen Zusammenhang, den ich hier erkenne ist, dass er versucht, meine Autorität zu untergraben!«, brüllte er und zeigte auf mich.

»Was?!«, rief ich entsetzt aus. »Bist du jetzt vollkommen irre? Ich habe noch nie deine Autorität untergraben und würde das auch nie machen, auch wenn ich gerade allen Grund dazu hätte!«, brüllte ich zurück.

»Wenn du denkst, ich lasse mich von dir...«

»STOP!!«, schrie Sam aus vollem Hals. »Es reicht! Sie halten jetzt beide die Klappe! Hier geht es weder um sie Sheriff, noch um sie Brian, sondern um eine junge Frau, die sich der Killer als sein nächstes Opfer ausgesucht hat! Also verschieben sie ihren beschissenen Kleinkrieg auf einen anderen Tag! Sie Sheriff Kinkade werden jetzt eine Ausgangssperre anordnen und sie Brian kommen mit mir mit. Wir müssen noch mit Doktor Levitt sprechen.«

Sie bedachte uns noch mit einem vernichtenden Blick und stürmte dann aus dem Büro.

Ließ uns sprachlos zurück.

Gott! Diese Frau war der Wahnsinn!

Als ich bei John in der Pathologie ankam, redete er bereits mit Sam.

»...fehlen definitiv Haare. Und jetzt wurden Diana welche abgeschnitten?«

»Ja, Brian hat Deputy Furgison zu ihrem Schutz abgestellt.«

»Gut«, sagte John und tätschelte gerade Sams Arm, als er mich bemerkte. »Brian mein Junge! Ich habe Agent Blake gerade berichtet, dass den Opfern ebenfalls eine Strähne fehlt. Euer Instinkt hat euch nicht getäuscht.«

»Hat dieser Sturkopf endlich die Ausgangssperre verhängt?«, fragte Sam und kam einen Schritt auf mich zu.

»Ich bin extra so lange bei ihm geblieben, bis er es erledigt hatte.«

Sie stieß erleichtert die Luft aus ihren Lungen.

»Wir sollten in ihr Büro und alle bisher erlangte Erkenntnisse zusammenfassen, um einen Überblick zu bekommen.«

»Na dann los.«

Gemeinsam gingen wir in mein Büro und notierten jede noch so unwichtig erscheinende Kleinigkeit auf einem Notizblock.

»Wenn der Mörder tatsächlich immer wütender wird, erklärt das auf jeden Fall, warum er das letzte Opfer in der Bleiche ertränkt hat«, meinte Sam nach einer Weile.

»Die Frage ist, warum er immer wütender wird.«

»Das werden wir wahrscheinlich erst herausfinden, wenn wir wissen, wer er ist.« Sie lehnte sich auf dem Sofa nach hinten. »Die älteste Tat, von der wir wissen, war der Überfall auf das erste Opfer in Silver Bay. Und nach etwa drei Jahren geht es hier mit den Morden los.« Sie rieb sich angestrengt die Stirn. »Was war in der

Zeit dazwischen? War er krank? Im Gefängnis? Oder hat er woanders weitergemacht?«

»Ich fürchte, dass werden wir heute nicht mehr in Erfahrung bringen.«

»Ja, das glaube ich auch.« Sie stand auf und tigerte im Raum herum. »Bisher ist er immer sehr gezielt vorgegangen. Er suchte eine Frau, die in sein Profil passte, beobachtete sie, verfolgte sie und schnitt ihr Haare ab. In der Nacht darauf entführt und foltert er sie, bevor er sie tötet und im Wald ablegt. Der Killer geht gewissenhaft vor, hat alles geplant.« Abrupt blieb sie stehen und starrte mich an. »Oh Gott, Brian! Er wird sich nicht von einem Streifenwagen vor dem Haus abhalten lassen! Und Furgison ist alleine vielleicht nicht dazu in der Lage ihn aufzuhalten!«

»Hey.« Ich trat vor sie und hielt sie an den Oberarmen fest. »Beruhige dich! Wir fahren jetzt dort hin und passen mit auf.«

Ich zog sie, ohne eine Antwort abzuwarten, mit mir aus dem Department und zu meinem Auto.

Keine zehn Minuten später waren wir vor Ort und positionierten uns so, dass wir einen perfekten Blick auf das Haus hatten, ohne auffällig zu wirken.

Nur Deputy Furgison konnten wir von dieser Position aus nicht sehen, da uns ein großer Busch die Sicht versperrte.

Es war bereits nach Mitternacht, vom Killer gab es noch keine Spur.

Wahrscheinlich würde er, wenn dann erst zuschlagen, wenn Diana schlief.

»Was ist das mit ihnen und dem Sheriff?«, brach sie irgendwann die Stille.

»Das ist eine lange Geschichte, mit der ich dich nicht langweilen möchte«, entgegnete ich.

Sie setzte sich seitlich zu mir um und sah mich einen Moment nachdenklich an.

»Er ist ihr Vater, stimmts?«, traf sie den Nagel auf den Kopf.

Da hatte ich wohl ihre Kombinationsgabe unterschätzt!

»Ja«, brummte ich und starrte aus dem Fenster. »Robert Kinkade, der Sheriff von Grand Marais, ist mein Vater und weil er so verdammt stolz auf mich ist, muss ich das geheim halten.«

»Kinkade ist ein Arschloch!«, meinte sie nur trocken und brachte mich damit ungewollt zum Lachen. »Das war kein Scherz«, fügte sie noch ein wenig brüskiert hinzu.

»Ich weiß.« Wir sahen uns einige Augenblicke in die Augen und auch wenn ich sie in diesem Moment am liebsten geküsst hätte, streichelte ich ihr lediglich mit den Fingerspitzen über die Wange. »Danke!«, fügte ich noch hinzu und sie lächelte.

»Nicht dafür. Er lässt sie für seine eigenen Fehler büßen und das macht ihn für mich zum Arschloch, nicht die Tatsache, dass sie ihn nicht ausstehen können.«

»Ich bin also ein Fehler, hm?«, fragte ich schmunzelnd.

Sie riss die Augen auf und schlug mir mit der Faust auf den Oberarm.

»So habe ich das nicht gemeint, sie Blödmann!«

»Warum sagst du eigentlich immer noch ›sie‹ zu mir?«, wechselte ich abrupt das Thema mit einer Frage, die mich bereits seit unserem Kuss beschäftigte.

Ihr Lächeln verschwand und sie sah aus dem Fenster.

Ich nahm ihre Hand in meine, streichelte ihren Handrücken mit dem Daumen.

»Hey«, flüsterte ich. »Du kannst es mir ruhig sagen.«

»Um den professionellen Abstand zu bewahren«, antwortete sie endlich und bestätigte damit meinen Verdacht.

»Ist es dafür nicht schon ein wenig zu spät?«

Sie atmete tief durch und drehte sich wieder zu mir.

»Brian, ich...« Sie brach ab, blickte auf unsere Hände. »Es ist ja nicht so, dass ich die Anziehung zwischen uns nicht auch spüren würde, aber ich bin nicht der Typ für eine unverbindliche Affäre.«

»Und ich hatte bisher keine feste Beziehung. Aber ich habe bei einer Frau noch nie so empfunden wie bei dir. Du bist die Erste, bei der ich mir das überhaupt vorstellen könnte.«

Sie sah mich traurig an und drückte meine Hand.

»Und wie stellst du dir das vor? Sobald wir den Mörder haben, werde ich zum nächsten Fall geschickt oder zurück nach Washington DC beordert.«

»Totale Sicherheit hat man doch nie, Sam. Vielleicht müssen wir einfach ein Risiko eingehen und am Ende ergibt sich alles von alleine.« Sie holte gerade Luft, um etwas zu erwidern, doch ich hielt ihr meinen Zeigefinger vor die Lippen. »Sag jetzt nichts, denk einfach darüber nach, ja?«

Sie nickte und ich nahm meinen Finger wieder zurück.

Sam gähnte oft und immer wieder fielen ihr die Augen zu.

»Versuch doch ein wenig zu schlafen«, schlug ich ihr vor.

Sie dachte über meinen Vorschlag nach und kaute dabei verführerisch auf der Unterlippe herum. »Wenn sich irgendwas tun sollte, wecke ich dich sofort auf, versprochen.«

Sie sah mir prüfend in die Augen und nickte schließlich.

»Aber wenn du zu müde wirst, weckst du mich. Dann kannst du ein wenig schlafen, ja?«

»Einverstanden. Und jetzt hör auf zu quatschen, lehn dich zurück und schlaf.«

»Zu Befehl Boss!«, meinte sie noch und tat dann, was ich angeordnet hatte.

Freches Biest!

Auch Diana schien vor kurzem ins Bett gegangen zu sein, denn vor wenigen Minuten ging bei ihr im Haus das letzte Licht aus.

Nun saß ich da, die schlummernde Schönheit neben mir, mit der ich momentan lieber in meinem Bett liegen würde und behielt die Gegend im Blick.

Die Zeit kroch geradezu vor sich hin.

Nicht mal eine Stunde war vergangen und schon jetzt hätte ich Sam am liebsten wieder geweckt, um mich mit ihr unterhalten zu können.

Das würde eine lange und langweilige Nacht werden.

8
Verfolgungswahn

SAMANTHA
(RÜCKBLICK)

Mir wurde bewusst, dass mein angeborener Verfolgungswahn, seinen Grund hatte.

Diese Frau.

Immer und immer wieder sah ich sie.

Mal vergingen Monate und manchmal nur wenige Tage zwischen ihrem Auftauchen.

Doch sie kam nie näher und sprach mich kein einziges Mal an.

Irgendwann erzählte ich meiner Mutter davon.

Hätte ich das nur bleibenlassen!

Denn sie machte sich mehr Sorgen darum, ob zu meiner Paranoia nun auch Halluzinationen dazugekommen waren und schickte mich wieder mal zu einem Psychologen, der mich ebenso wenig ernst nahm.

Irgendwann hörte ich damit auf, es jemandem zu erzählen und versuchte, so gut es ging die Frau zu ignorieren.

Was allerdings alles andere als einfach war.

Heute war mein vierzehnter Geburtstag, der Frühling hatte erst vor kurzem begonnen und ich schlenderte ausgelassen mit meinen beiden Freundinnen Jessy und Melanie durch die Innenstadt.

Immer wieder gingen wir in die Geschäfte und sahen uns Schmuck oder die neuesten Modetrends an.

»Schau mal Sam«, machte Melanie auf sich aufmerksam. »Das sieht bestimmt toll an dir aus!«

Mit begeistertem Gesichtsausdruck, hielt sie ein quietschgelbes Top nach oben, auf dem ein riesiges Einhorn, aus pinken Pailletten prangte.

Jessy kicherte, während ich entsetzt die Augen aufriss.

»Nicht jeder kann so verrückte Klamotten tragen wie du Mel!«, entgegnete ich.

Verwundert drehte sie das Top mit der Vorderseite zu sich und betrachtete es nochmals genau.

»Was ist daran verrückt?«, fragte sie allen Ernstes und ich verdrehte die Augen.

Genau so kannte und liebte ich sie.

Durchgeknallt!

Sowohl was ihren Kleidungsstil betraf, als auch ihre Art.

»Es ist einfach nicht mein Geschmack, aber du kannst es dir ja kaufen.«

Sie zuckte mit den Schultern und hängte es wieder zurück.

»Nö, ist vielleicht doch etwas zu schrill.«

Jessy lachte mal wieder über Melanie und lief kopfschüttelnd weiter.

Sie war die Alberne von uns.

Sie konnte sich über Sachen amüsieren, die Mel und ich nur müde belächelten.

Es gab kaum einen Witz, bei dem Jessy sich nicht vor Lachen den Bauch hielt.

Seit zwei Jahren waren wir drei nun schon ein Herz und eine Seele.

Gingen gemeinsam durch dick und dünn.

Nachdem wir noch eine Weile herumsuchten, aber nichts fanden, was uns gefiel oder unserem Budget entsprach, gingen wir weiter und hielten schließlich an einer Eisdiele, wo wir uns je zwei Kugeln in einer Waffel kauften.

Als ich mich wieder umdrehte, stand *sie* da.

Fast wäre mir meine Eiswaffel aus der Hand gefallen.

»Seht ihr auch diese Frau?«, fragte ich leise und sah kurz zu meinen Freundinnen.

»Welche Frau?«, kam direkt die Gegenfrage von Jessy.

Als ich daraufhin wieder zurücksah, war sie weg.

Verdammt, immer das Gleiche!

War ich doch verrückt?

Konnte nur ich sie sehen?

»Ach vergesst es, nicht so wichtig«, wiegelte ich schnell ab und zog die beiden weiter.

Doch immer wieder sah ich mich nach ihr um, konnte sie an diesem Tag aber nicht mehr entdecken.

Der Gedanke daran, mir diese Frau nur einzubilden, machte mir Angst.

Schließlich hatte ich bereits ein genaues Ziel vor Augen.

Spezial Agent beim FBI.

Sollte ich jedoch eine Schraube locker haben, würde ich sicherlich niemals durch den psychologischen Test kommen.

9

Schlafende Schönheit

KILLER

Ich hatte sie.

Mhh, dieser Duft!

Wie all die anderen hatte sie es nicht bemerkt, als ich ihr die Strähne abschnitt.

Doch unsere nächste Begegnung würde sie bemerken.

Seit etwas mehr als einer Stunde war ihr Licht aus.

Sie schlief mit Sicherheit bereits und das sollte sie auch.

Ich durfte kein Risiko eingehen.

Die Schönheit wurde bewacht.

Leise schlich ich zum Hintereingang und knackte mit geübten Handgriffen das Schloss.

Als ich in ihr Schlafzimmer trat, lag sie wie von mir erwartet in ihrem Bett und schlief.

Doch ohne zusätzliche Betäubung würde das nicht lange so bleiben.

Schwerer als gedacht, hing sie über meiner Schulter.

Jetzt musste ich sie ungesehen hier heraus schaffen.

Wieder über die Hintertür verließ ich das Haus und ging zu meinem Auto.

Erstmal musste ich sie im Kofferraum verstauen.

Zugegebenermaßen nicht die rühmlichste Weise, eine Frau von einem Ort zum nächsten zu bringen.

Doch die gegebenen Umstände zwangen mich dazu und die Betäubung hielt noch einige Stunden an, wodurch sie von dieser Behandlung nichts mitbekommen würde.

Schlaf gut Schönheit.

Jetzt bist du mein.

10

Versager

SAMANTHA

Als ich die Augen aufschlug, war das Erste was ich sah, das lächelnde Gesicht von Brian.

»Guten Morgen Schlafmütze«, grüßte er mich und streichelte mir über die Wange.

»Morgen«, brummte ich zurück. »Wie spät ist es?«

»Sechs Uhr. Und er ist bis jetzt nicht aufgetaucht.«

Ich richtete mich auf und versuchte mich zu strecken, was, wie ich feststellen musste, in einem Auto gar nicht so einfach war.

Doch der Leidtragende war Brian, dem ich dabei aus Versehen meine Hand ins Gesicht schlug.

»Hey!«, beschwerte er sich. »Ist das dein Dank dafür, dass ich dich habe schlafen lassen?«

»Oh Gott, entschuldige bitte!«, entgegnete ich lachend.

»Das solltest du öfter tun.«

»Was denn, dich schlagen?«, scherzte ich und nun war er es, der lachen musste.

Doch er wurde schnell wieder ernst und fixierte mich mit seinem Blick.

»Nein, lachen solltest du öfter. Du bist wunderschön, wenn du das tust.«

Die Atmosphäre zwischen uns veränderte sich und in mir wuchs das Verlangen, ihn einfach zu küssen.

Brian spürte es ebenfalls.

Er kam mir immer näher, seine Atmung war leicht beschleunigt und in meinem Bauch tanzten die Schmetterlinge Rumba.

Doch als sich unsere Lippen schon fast berührten, ich seinen heißen Atem bereits auf meiner Haut spüren konnte, siegte wieder mal die Angst und ich zog mich ein Stück zurück.

»Wir sollten nach Deputy Furgison sehen. Er ist bestimmt müde und will nach Hause«, schob ich schnell als Erklärung vor, auch wenn ich wusste, dass Brian für derart fadenscheinige Ausreden zu schlau war.

Fast schon fluchtartig verließ ich das Auto und steuerte Dianas Haus an.

Doch als der Streifenwagen in mein Sichtfeld kam, rückte die unangenehme Situation von eben in den Hintergrund.

Deputy Furgison lehnte mit seiner Stirn am Lenkrad.

Mein ganzer Körper spannte sich an, während ich immer weiter auf das Auto zulief.

Erst als ich bei ihm ankam, entdeckte ich, dass er an sein Lenkrad gefesselt war.

Der Kabelbinder schnitt in sein Fleisch.

Vorsichtig fasste ich an seinen Hals, um nach dem Puls zu suchen, den ich zu meiner Erleichterung schnell fand.

Er lebte, war nur bewusstlos.

Hinter mir vernahm ich plötzlich das typische Geräusch eines Schnappmessers und fuhr zu allem bereit herum.

»Brian! Verdammte scheiße, du hast mich fast zu Tode erschreckt!«, fuhr ich ihn an.

Er grinste nur schief und zuckte mit den Schultern.

»Tut mir leid, ich dachte du wüsstest, dass ich hinter dir bin.«

»Schon gut. Na los, schneid ihm die Fesseln durch und dann müssen wir nach Diana schauen.«

Er nickte und befreite die Hände des Deputy vom Kabelbinder.

»Vorne kann niemand raus gekommen sein. Ich habe das Haus die ganze Zeit im Blick gehabt«, meinte Brian, weswegen wir auch direkt zum Hintereingang liefen.

Die Tür stand sperrangelweit offen.

Wir zogen unsere Dienstwaffen und gingen hinein.

Jeder einzelne Raum wurde von uns durchsucht.

Zuletzt betraten wir Dianas Schlafzimmer, doch auch hier fehlte von ihr jede Spur.

Er hatte sie sich geholt.

Wir hatten versagt.

Ohne zu wissen, wer oder wo der Killer war, gab es keine Chance sie noch zu retten.

Nachdem wir die Entführung per Funk durchgegeben hatten, gingen wir zu Deputy Furgison, der mittlerweile wach war.

»Hey Rick, wie geht es dir?«, fragte ihn Brian.

»Scheiße Mann! Wie soll es mir denn gehen? Dieser Dreckskerl, hat mich mit irgendwas betäubt und sich die Kleine geholt.«

»Wissen sie noch etwa, zu welcher Zeit das war?«, hakte ich nach.

»Etwa eine Stunde nachdem im Haus das Licht aus war.«

»Und vorher ist ihnen nichts aufgefallen?«

»Wenn mir etwas aufgefallen wäre, hätte ich es ja wohl gemeldet, oder?«, giftete er mich an.

»Beherrsch dich Rick! Sie macht nur ihren Job!«, knurrte Brian ihn an, woraufhin mir Furgison einen seltsamen Blick zuwarf.

Nachdem wir ihm noch einige Fragen gestellt hatten, schickten wir ihn schließlich zum Arzt, um sich die Wunden versorgen zu lassen.

Ich verbrachte mit den Spurensuchern fast den gesamten Tag in Dianas Haus.

Brian schickte ich nach Hause.

Mit seinem Schlafdefizit war er ohnehin nicht zu gebrauchen.

Wir fanden unzählige Fingerabdrücke und Spuren von DNA sowie anderen Substanzen.

Es konnte Tage wenn nicht gar Wochen dauern, alles auszuwerten.

Doch ich war mir ohnehin sicher, dass wir keine von unserem Killer finden würden.

Völlig erledigt, kam ich am späten Nachmittag in meinem Hotelzimmer an und ging erstmal unter die Dusche.

Nun saß ich alleine auf dem Bett und dachte über alles nach.

Dieser Tag gehörte definitiv zu denen, die ich am liebsten aus meinem Gedächtnis löschen würde.

Doch das ging nicht.

Ich plünderte die Minibar und setzte mich mit meiner Beute auf das Bett.

Das war mit Sicherheit keine sonderlich gute Idee, aber vielleicht konnte ich mich so wenigstens für ein paar Stunden betäuben.

Ich hatte versagt.

Diana würde wegen meinen Fehlern sterben.

Diese Erkenntnis traf mich immer wieder wie ein Donnerschlag.

Ihr Blut klebte an meinen Händen.

Nachdem ich acht der kleinen Schnapsfläschchen geleert hatte, huschte Brian in meine Gedanken.

Dieser unverschämt gut aussehende Mann wollte mit mir schlafen.

Mehr noch.

Obwohl er noch nie eine Beziehung führte, konnte er sich das mit mir vorstellen!

In meinem vom Alkohol vernebelten Gehirn, war es für mich plötzlich völlig unverständlich, warum ich mich nicht darauf einließ.

Dann hätten wir eben nur eine kurze Affäre, bis ich wieder abreisen musste.

Scheiß drauf!

Mein Entschluss stand fest.

Mit zwei Flaschen aus der Minibar bewaffnet, machte ich mich zu Fuß auf den Weg zu Brian.

Zum Glück wusste ich bereits, wo er wohnte und würde nur etwa zehn Minuten brauchen.

In meinem Zustand vielleicht fünfzehn.

Als ich vor seiner Tür stand klopfte ich lautstark und es dauerte eine gefühlte Ewigkeit, bis er mir öffnete.

Schlief er etwa schon wieder?

Es war doch erst ein Uhr in der Nacht!

Als ich ihn sah, kippte ich fast aus den Latschen!

Seine Haare waren verwuschelt, er trug ein enganliegendes weißes Unterhemd, eine auf der Hüfte sitzende graue Jogginghose und seine Füße waren nackt.

Verdammt, sah er damit sexy aus!

Und sein Blick hätte nicht süßer sein können.

Total verwirrt musterte er mich mit müden Augen.

»Einen Drink?«, fragte ich mit schwerer Zunge und hob die Fläschchen in sein Sichtfeld.

»Bist du betrunken?«

»Nur ein kleines Bisschen«, entgegnete ich und grinste.

»Komm erstmal rein, Sam.«

Er trat einen Schritt zur Seite und ließ mich hinein.

Auch wenn ich in diesem Moment kein Auge für Details hatte, viel mir sofort auf, wie gemütlich er alles eingerichtet hatte.

Ich setzte mich ohne Umwege auf sein dunkelbraunes Sofa und stellte die Flaschen vor mir auf den Tisch.

»Nicht dass ich mich nicht freuen würde dich zu sehen, aber warum tauchst du hier mitten in der Nacht auf?«, fragte er, während er sich direkt neben mich setzte und mir dadurch einen Schwall seines verführerischen Geruches in die Nase stieg.

»Ich wollte einfach nicht mehr alleine in meinem Hotelzimmer sitzen.«

»Hast du dich deshalb auch betrunken? Weil du dich alleine gefühlt hast?«

»Nein. Getrunken habe ich, weil ich ein Versager bin und nun jemand wegen mir sterben muss!«, lallte ich betrübt und wollte zu einer der kleinen Whiskeyflaschen greifen.

Doch Brian hielt mich davon ab.

Mit beiden Händen umfasste er mein Gesicht und sah mir eindringlich in die Augen.

»Sam, du bist kein Versager! Selbst Deputy Furgison hat nichts mitbekommen, obwohl er direkt vor dem Haus stand.«

Mit seinen wunderschönen grünen Augen sah er mich eindringlich an und aus einem plötzlichen Impuls heraus, überbrückte ich die wenigen Zentimeter zwischen uns und küsste ihn einfach.

Im ersten Moment war er überrascht, dadurch wie erstarrt.

Doch er fasste sich schnell und erwiderte meinen Kuss mit einem leisen Stöhnen.

Wir wurden immer leidenschaftlicher, wilder.

All die unterdrückte Begierde zwischen uns brach sich nun Bahn.

Ich setzte mich rittlings auf seinen Schoß, spürte, wie sehr ihm gefiel, was wir gerade taten und wurde dadurch noch mehr angeheizt.

Aber so plötzlich, wie unser Kuss begonnen hatte, beendete Brian ihn nun wieder.

»Sam, ich kann das nicht!«, knurrte er und schob mich von sich runter.

Er wies mich zurück?

Das wirkte wie eine kalte Dusche.

Scham kroch in mir hoch und ich wollte nur noch weg.

Ich sprang vom Sofa auf und lief zur Haustür.

Doch bevor ich sie erreichen konnte, packte Brian mich von hinten und schlang seine Arme um mich.

»Lass mich los, verdammt!«, sagte ich laut und versuchte mich aus seinem Griff zu winden.

»Sam, bitte hör auf!« Blitzschnell veränderte er den Griff, sodass ich keine Chance mehr hatte, ohne ihm wehzutun. »Bitte bleib hier«, sagte er fast schon flehend. »Ich will nicht das du gehst.«

»Du hast mich zurückgewiesen!«, warf ich ihm vor. »Das war demütigend, Brian und ich will jetzt einfach nur noch weg von dir.«

»Oh Gott, Sam«, hauchte er verzweifelt und vergrub sein Gesicht in meiner Halsbeuge, atmete tief ein. »Du machst dir keine Vorstellung davon, wie sehr ich dich begehre! Aber ich will nicht, dass du dich morgen nicht mehr daran erinnern kannst, oder es im schlimmsten Fall sogar bereust!«

Das machte mich einen Moment sprachlos.

Damit hatte er mir unmissverständlich gezeigt, dass er mehr von mir wollte, als nur mit mir zu schlafen.

Und er hatte recht.

Ich würde ihn morgen dafür hassen, meinen betrunkenen Zustand ausgenutzt zu haben.

»Es tut mir leid«, flüsterte ich.

Brian ließ mich los und drehte mich zu sich um.

»Du musst dich nicht entschuldigen, ok? Und jetzt fahre ich dich in dein Hotel zurück, du brauchst dringend Schlaf.«

»Kann... kann ich bitte hier bleiben?« Er holte tief Luft und seine Mimik drückte Bedauern aus. Doch bevor er etwas sagen konnte, redete ich weiter. »Bitte Brian, ich möchte heute Nacht einfach nicht alleine sein. Ich schlafe auch auf dem Sofa, ok?«

»Ok, du kannst bleiben. Aber ich schlafe auf der Couch und du in meinem Bett.«

»Aber...«

»Nein!«, unterbrach er mich bestimmend. »Entweder so, oder ich fahre dich zurück.«

»Du erpresst mich?«

Er zuckte mit den Schultern und lächelte schief.

»Irgendwie muss ich dich ja dazu bringen zuzustimmen.«

»Du bist ein gemeiner Schuft!«, entgegnete ich gespielt empört. »Na dann, bitte. Ich nehme das Bett.«

»Braves Mädchen«, meinte er noch frech.

Das hätte sich der Blödmann auch sparen können.

Kaum das mein Kopf auf dem Kissen gelandet war, schlief ich ein und verfiel in einen unruhigen Schlaf.

Ich war im Haus von Diana.

Es war dunkel und unheimlich.

Aus ihrem Schlafzimmer hörte ich Geräusche.

Von meiner Neugier getrieben ging ich hinein und erstarrte.

Auf dem Bett lag sie, blutüberströmt, wimmernd und um ihr Leben bettelnd.

Über ihr kniete der Killer.

Er war maskiert und hatte ein Messer in der Hand, bereit, sie damit weiter zu quälen.

»Hör sofort auf!«, schrie ich, doch er beachtete mich nicht.

Immer weiter bewegte er das Messer zu ihrem Körper.

Ich griff nach meiner Waffe, doch sie war nicht da.

Nun stand er plötzlich vor mir und sah mich direkt an.

Diese grünen Augen kamen mir so bekannt vor, aber ich wusste nicht woher.

Der Killer packte mich mit der rechten Hand am Hals und presste mich an die Wand.

Er drückte immer stärker zu.

Ich bekam keine Luft mehr.

Alles wurde schwarz.

Schreiend wachte ich auf, schlug und trat um mich.

»Sam«, hörte ich entfernt eine Stimme. »Sam!«

Langsam realisierte ich, dass ich nur einen Alptraum hatte und Brian es war, der nach mir rief.

Er kam zu mir auf das Bett und schloss mich in seine starken Arme.

Schlecht zu träumen, war ich gewohnt.

Doch dieser Traum war der schlimmste, den ich je hatte.

»Geht es wieder?«, erkundigte er sich sanft und streichelte mir über den Rücken.

»Kannst du hierbleiben?«, fragte ich, statt ihm eine Antwort zu geben.

Er nickte und gemeinsam legten wir uns hin.

Eine ganze Weile sahen wir uns einfach nur an, doch mein Blick huschte immer wieder zu seinem Mund.

Schließlich konnte ich nicht mehr anders, hob meine Hand und berührte seine vollen, sinnlich geschwungenen Lippen mit den Fingerspitzen, strich sanft darüber.

»Sam«, sagte er gequält.

»Ich bin nicht mehr betrunken«, flüsterte ich und Brian atmete tief durch die Nase ein, sah mir forschend in die Augen, bevor er knurrend seine Lippen auf meine senkte.

Er vergrub seine eine Hand in meinem Haar am Hinterkopf, mit der anderen fuhr er meinen Rücken hinab zum Po und drückte mich an sich.

Ich stöhnte auf, als ich nun spürte, wie sehr ihn das schon erregte und er nutzte diese Gelegenheit, um mit seiner Zunge in meinen Mund vorzudringen.

Als sich unsere Zungenspitzen berührten und einen sinnlichen Tanz miteinander vollführten, gab es für mich kein Zurück mehr.

Ich musste alles von ihm haben.

Auch wenn mir bewusst war, dass ich es schon bald bereuen würde, da ich für uns keine gemeinsame Zukunft sehen konnte.

Mit meiner Hand auf seiner Brust drückte ich ihn auf den Rücken, küsste mich seinen Hals entlang zum Oberkörper und bedeckte diesen mit zärtlichen Küssen.

»Großer Gott, Sam!«, stöhnte er und krallte sich zitternd ins Bettlaken.

Es schien gerade so, als wäre sein ganzer Körper eine einzige erogene Zone.

Doch lange ließ er mich nicht gewähren und übernahm die Kontrolle.

Blitzschnell hatte er mich auf den Rücken gedreht, streifte mein Top nach oben und zog es aus, ebenso den Slip.

Fast schon ehrfürchtig sah er auf mich herab und streichelte sanft über meine Haut, bevor er sich wieder gierig auf mich stürzte.

Es fühlte sich an, als wären seine Hände und sein Mund überall auf meinem Körper und mein Verstand driftete ins Chaos ab.

Ich fühlte nur noch und das intensiver als jemals zuvor.

»Brian, das ist... Oh Gott!«, stöhnte ich, denn was er da mit mir anstellte, katapultierte mich in Sphären, deren Existenz ich seither nicht einmal erahnt hatte.

Unaufhaltsam raste ich auf meinen Höhepunkt zu.

»Ja«, keuchte Brian, der das wohl spürte und stieß mich damit über die Klippe.

Behutsam legte er sich nun über mich, stützte seine Unterarme links und rechts von meinem Kopf ab und küsste mich leidenschaftlich, während er sich an mir rieb.

Dadurch dauerte es nicht lange, bis das Verlangen nach ihm, wieder in mir aufflammte.

Ich packte ihn mit beiden Händen an seinem Hintern, drückte ihn an mich und krallte leicht meine Fingernägel in sein Fleisch.

Mit einem weiteren Knurren nahm er dies zur Kenntnis und wusste nun, dass ich wieder bereit für ihn war.

Er zögerte nicht, sonder hob seine Hüften leicht an und füllte mich Sekunden später vollkommen aus.

Keuchend legte er seine Stirn auf meine und verharrte so einige Augenblicke, bevor er sich zu bewegen begann und mich, damit abermals in die höchsten Höhen beförderte.

Völlig erschöpft, lagen wir aneinandergekuschelt da und Brian streichelte mir zärtlich mit seinen Fingerspitzen über den Rücken.

»Sam?«, brach er die Stille und riss mich damit aus meinem Dämmerschlaf.

»Hm?«

»Ich will nicht einschlafen.«

»Warum?«

»Ich habe Angst, das du nicht mehr da bist, wenn ich wieder aufwache, dass alles nur ein Traum war«, gestand er schlaftrunken.

Ich sah lächelnd zu ihm hoch und gab ihm einen sanften Kuss.

»Schlaf ruhig, du Softy. Ich verspreche dir noch da zu sein, wenn du aufwachst.«

»Mmh«, war alles, was er noch von sich gab und auch ich triftete schnell zurück in den Schlaf.

Als ich wieder meine Augen öffnete, war es bereits hell und Brian grinste mich breit an.

»Guten Morgen«, brummte ich.

»Hast du mich heute Nacht einen Softy genannt?«, fragte er und zog die Augenbrauen nach oben.

»Das würde ich niemals tun!«, entgegnete ich ironisch, was ihm ein belustigtes Schnauben entlockte.

»Du bist ganz schön frech, meine Liebe!«

»Ich arbeite beim FBI, ich kann mir das erlauben.«
Ich gab ihm einen Kuss auf die Nasenspitze und setzte
mich auf. »Apropos FBI, wir sollten in das Department
fahren.«

Er seufzte und zog mich zurück in seine Arme.

»Ich würde jetzt lieber etwas anderes machen!«

In einer schnellen Drehung begrub er mich unter
sich und küsste mich verlangend.

Nichts würde ich in diesem Moment lieber tun, als
mich der sündigen Verführung namens Brian Moore
hinzugeben, aber es wartete immer noch ein Fall auf
uns.

Auch wenn es für Diana bereits zu spät war, waren
wir vielleicht dazu in der Lage, weitere Opfer zu verhindern.

11
Schnitt für Schnitt

KILLER

Sie nun bei mir zu haben, sie berühren zu können, war unbeschreiblich.

Es war nicht einfach, sie zu mir zu bringen.

Doch der Aufwand hatte sich gelohnt.

Bis auf ihren Slip entkleidet lag sie vor mir und schlief noch immer.

Erst wenn sie langsam erwachte, würde ich sie fesseln.

Als sie schließlich ihre Augen aufschlug und mich erblickte, keuchte sie entsetzt auf.

»Sie?«, entfuhr es ihr überrascht und sie begann zu weinen. »Ich hatte nie eine Chance oder?«

Ich schüttelte den Kopf und sah sie bedauernd an.

Dann streckte ich meine Hand nach ihr aus und berührte sie sanft mit meinen Fingerspitzen an ihrer feuchten Wange.

Ich strich abwärts über ihren Hals, ihre Brüste, bis zu ihrem Bauch.

Umrundete sie, betrachtete sie von allen Seiten.

Ich hatte mich nicht getäuscht.

Ihre Haut war makellos.

Sie war makellos.

Als ich mein Messer aus der Tasche holte, schluchzte sie auf.

Der Weg, der ihr bevorstand, würde nicht leicht werden.

Doch wenn sie die Richtige war, lohnten sich die Qualen.

Denn dann würde sie bei mir bleiben.

Dieses Mal begann ich am Rücken.

Der erste Schnitt, war immer am aufregendsten.

Routiniert setzte ich das Messer an, zog es langsam und vorsichtig über ihre Haut.

Sie schrie, doch das interessierte mich nicht.

Das taten sie alle am Anfang.

Genüsslich stöhnend, betrachtete ich das herabfließende Blut, bevor ich die Klinge erneut ansetzte.

Schnitt für Schnitt, brachte ich sie näher an die Perfektion und mich zu der einzigen Art der Befriedigung, die ich kannte.

Als ich jedoch mein Werk beendet hatte, wimmerte und bettelte sie wie all die anderen vor ihr.

Enttäuschung und Wut übermannten mich erneut.

Sie war wieder nicht die Richtige!

Warum konnte ich sie nicht finden?

Ich war mir sicher, dass es sie gab!

Es musste sie geben!

Sie war die Einzige, die fähig war, mich zu lieben.

Meine Seele und meinen Körper.

So, wie es Mutter immer sagte, bevor sie starb.

Ein Knurren drang aus meiner Kehle und ich ging auf sie zu, schnitt sie los.

Sie keuchte vor Schmerzen.

Gleich würde sie nie wieder welche haben.

Ich zerrte sie zu der Wanne mit der Bleiche und stieß sie hinein.

Mit meiner rechten Hand umfasste ich ihren Hals und drückte sie nach unten.

Sie zappelte wild umher, versuchte, wieder nach oben zu kommen.

Sie hatte keine Chance.

Ich spürte, wie langsam das Leben aus ihr wich.

Ihre Gegenwehr wurde weniger und hörte schließlich komplett auf.

Der gesamte Körper erschlaffte.

Sie war tot.

12

Traurige Gewissheit

BRIAN

Mein erstes Mal, war mit dreizehn.

Seitdem hatte ich viele Frauen.

Doch keine von ihnen, nicht eine Einzige, hatte es geschafft, mir so den Kopf zu verdrehen wie Sam.

Keine Sekunde verging, in der ich nicht an sie dachte.

Selbst jetzt, wo sie direkt neben mir stand und sich mit Deputy Furgison unterhielt.

»Wie geht es ihnen, Rick?«

»Viel besser, danke. Der Sheriff meinte, ich solle heute noch daheim bleiben. Aber da fällt mir nur die Decke auf den Kopf.«

»Das kann ich verstehen«, entgegnete sie und klopfte Furgison auf die Schulter. »Wissen sie, ob es etwas Neues gibt?«

Er schüttelte bedauernd den Kopf.

»Nein, bis jetzt kam nichts Neues rein.«

»Ok, danke. Sagen sie uns bitte Bescheid, wenn sich da was ändert. Wir sind in Brians Büro und gehen nochmals alles durch.«

Wieder saßen wir auf dem Sofa in meinem Büro und brüteten eine gefühlte Ewigkeit über Aktenberge, Notizen und Fotos.

Alle Männer, die nach der Überfallserie von Silver Bay, weggezogen waren oder im Gefängnis landeten, nahmen wir nun unter die Lupe und überprüften, wo sie sich heute befanden oder ob sie in unser Profil passten.

Doch es war wie die Suche nach einer Nadel in einem verdammten Nadelhaufen!

»Das ist frustrierend!«, schimpfte ich und schmiss die Akte, welche ich gerade durchgesehen hatte, auf den Stapel, den wir mit ›Nein‹ gekennzeichnet hatten. »Es ist, als würden wir einen Geist jagen!«

»Keinen Geist, Brian. Nur jemanden der es versteht, sich zu tarnen.«

»Was meinst du?«

Sie atmete tief durch und legte auch ihre Akte auf den Stapel.

»Ich habe das Gefühl, dass unser Killer ein ganz normales Leben führt. Dass er ein Mensch ist, bei dem wir nie auf die Idee kämen, dass er ein Mörder ist.«

»Das würde einiges erklären«, entgegnete ich. »Denkst du, wir kennen ihn bereits?«

»Durchaus möglich, ja.«

»Scheiße!« Mit beiden Händen fuhr ich mir über das Gesicht und stand auf. »Also wäre es ebenso möglich, dass er uns sogar gezielt an der Nase herum führt!«

Der Gedanke daran, den Killer bereits zu kennen, mich mit ihm vielleicht schon unterhalten zu haben, ließ meinen Magen rebellieren.

»Entweder das, oder er hat eine gespaltene Persönlichkeit, bei der die eine nichts von der anderen weiß.«

»Was wäre schlimmer?«, fragte ich neugierig und setzte mich wieder neben Sam.

»Killer ist Killer. Da kann man nicht sagen, das eine ist schlimmer als das andere. Aber wenn er keine Persönlichkeitsstörung hat, können wir zumindest hoffen, dass er sich im normalen Alltag irgendwann verrät.«

»Und wie kann ich mir das vorstellen?«

»Wenn er sich immer wieder nach dem Stand unserer Ermittlungen erkundigen würde, in der Nähe von den Tatorten oder in unserem Fall von Fundorten auftaucht, vielleicht sogar versucht, sich in die Ermittlungen einzubringen, zu helfen«, erklärte sie. »Fällt dir da spontan jemand ein?«

Allerdings!

Doch konnte das wirklich sein?

Ich musste mir sicher sein, bevor ich ihn womöglich zu Unrecht beschuldigen würde, oder?

Was wenn er es tatsächlich war und ich damit jemanden in Gefahr brachte, wenn ich nichts sagte?

»Brian, deine Mimik verrät mir, dass du etwas weißt.« Eindringlich sah sie mir in die Augen. »Ist es jemand, der dir nahe steht?« Ich schüttelte den Kopf. »Es ist ein Kollege, oder?«

»Ich möchte niemanden zu Unrecht beschuldigen, Sam.«

»Das verstehe ich. Wir können es auch erstmal für uns behalten, bis wir etwas stichhaltiges haben, aber mir musst du es sagen!«

»Deputy Furgison«, ließ ich die Bombe platzen und Sam riss erstaunt die Augen auf. »Ich habe immer wieder mitbekommen, dass er die Kollegen zu dem Fall ausgefragt hat. Auch bei Doktor Levitt war er und bis auf das erste Opfer, hat er die Leichen gefunden.«

»Und er hat sich freiwillig angeboten Diana nach Hause zu bringen und auf sie aufzupassen«, beendete sie. »Aber er war mit den Handgelenken an das Lenkrad gefesselt«, gab sie zu bedenken und sah mich erwartungsvoll an.

»Gib mir einen Kabelbinder und ich zeig dir, wie das geht!«

»Du meinst, er könnte sich selbst gefesselt haben, um von sich abzulenken?«

»Es wäre zumindest machbar, ja.«

Sie fuhr sich nachdenklich durch die Haare.

»Gibt es eine Möglichkeit, ihn zu überprüfen, ohne dass es jemand mitbekommt?«

»Sicher. Woran denkst du?«

»Wenn er unser Täter ist, sollte es in seinem Lebenslauf Hinweise darauf geben. Wir müssen prüfen, ob er mal in Silver Bay oder ganz in der Nähe gelebt hat. Wann er hier her gezogen ist, was seine Familiengeschichte ist, wo er zu den möglichen Tatzeiten war und so weiter.«

»Das dürfte machbar sein.«

»Vielleicht finden wir damit genug, um…«

Sam wurde durch ein Klopfen an der Tür unterbrochen.

Ohne ein ›herein‹ oder dergleichen abzuwarten, öffnete Deputy Furgison die Tür und trat ein.

»Leute, eine Leiche wurde gefunden«, teilte er uns mit und wir sprangen gemeinsam vom Sofa auf.

»Wo?«, fragte ich direkt.

»In der Nähe der alten Jagdhütte.«

»Und wer hat die Leiche gefunden?«

»Keine Ahnung, war ein anonymer Anruf.«

Ein Anrufer, der seinen Namen nicht preisgeben wollte?

Das stank doch zum Himmel!

Aber ich ließ mir meine Skepsis nicht anmerken.

Gemeinsam verließen wir mein Büro und gingen Richtung Ausgang.

»Samantha?«, sprach Rick sie an.

»Ja?«

Sie blieb stehen und drehte sich zu ihm um.

»Das ist wahrscheinlich ein unpassender Zeitpunkt, aber ich habe mich gefragt, ob sie vielleicht mal mit mir essen gehen würden?«

Das konnte doch unmöglich sein verdammter Ernst sein!?

»Das ist sehr nett von ihnen, Rick. Aber ich denke, dass ist keine gute Idee«, teilte sie ihm mit und ihr Blick huschte kurz zu mir, bevor sie ihn wieder ansah.

»Sie treffen sich mit ihm, habe ich recht?«, fragte er und nickte dabei in meine Richtung. »Sollten sie irgendwann die Nase von ihm voll haben...« Er nahm ihre Hand und gab ihr einen Kuss auf deren Rücken. »...dann sagen sie Bescheid, ja?«

Ich war kurz davor durchzudrehen!

Wie konnte er es wagen?

Und was machte Sam?

Sie lächelte ihn an und nickte!

Ich konnte nicht fassen, was da gerade ablief.

Eben hatten wir noch darüber geredet, dass er vielleicht der Killer war!

Doch als sie sie sich zu mir umdrehte, erkannte ich sofort an ihrem Blick, dass sie ihm gegenüber nur so getan hatte.

»Wir sollten noch kurz runter zu Doktor Levitt. Womöglich kann er uns gleich mitnehmen.«

»Gute Idee«, ging ich auf ihre Worte ein und wir gingen gemeinsam los.

»Hoffentlich ist er nicht schon losgefahren!«, meinte Sam, nachdem wir im Treppenhaus und somit außer Hörweite von Furgison waren.

»Was willst du von John?«

»Rick hat mir einen ekelhaft feuchten Kuss auf den Handrücken gegeben«, meinte sie freudestrahlend und mir ging endlich ein Kronleuchter auf.

Sie hatte seine DNA auf ihrer Hand!

Jetzt musste der Doc nur noch eine Probe davon nehmen und mit der des Täters aus Silver Bay vergleichen!

»Ich frage mich, warum er so bescheuert war?«

»Solche Menschen sind meist so sehr von sich überzeugt, dass sie keinen Gedanken daran verschwenden, eventuell einen Fehler zu machen«.

»Oder sein Polizei-Ich weiß nichts von seinem Killer-Ich«, spekulierte ich.

»Ich bin mir mittlerweile fast sicher, dass wir eine gespaltene Persönlichkeit ausschließen können. Sein Verhalten passt nicht dazu.«

John war zum Glück noch da.

»Na, ihr zwei. Ihr habt Glück, dass ich noch da bin. Was kann ich für euch tun?«

»Doktor, können sie einen Abstrich von meinem Handrücken machen und mit der DNA-Probe aus Silver Bay vergleichen?«

John sah Sam etwas perplex an.

»Sicher.« Er nahm die benötigten Utensilien zur Hand und nahm eine Probe. »Von ihnen brauche ich auch noch einen Abstrich, denn die DNA auf ihrem Handrücken könnte mit ihrer vermischt sein.«

»Kein Problem«, entgegnete sie und öffnete ihren Mund, damit er eine Probe nehmen konnte.

»Darf ich fragen, von wem diese Probe stammt?«

»Sam und ich möchten dazu noch nichts sagen, John. Aber solltest du damit einen Treffer landen, erfährst du den Namen natürlich als erster.«

Er sah Sam und mich noch einen Moment nachdenklich an, bevor er knapp nickte.

»Nun denn, ich werde hier alles soweit vorbereiten und dann muss ich schnell zum Leichenfund.«

»Ja, da werden wir jetzt auch hinfahren. Danke, Doktor Levitt.«

Er winkte lächelnd ab.

»Für Brian tue ich fast alles und jetzt haut ab, bevor euch die Leiche noch wegläuft.«

Am Fundort angekommen, erhielten wir die traurige Gewissheit, dass es Diana war.

Wie die anderen Opfer saß sie an einen Baum gelehnt.

Ihr gesamter Körper, vom Hals abwärts, war übersät mit Schnitten und auch das Würgemal sowie die Fesselspuren an den Handgelenken fehlten nicht.

Es war eine Sache, eine Leiche zu finden, aber das Opfer auch persönlich zu kennen, eine ganz andere.

Noch vor wenigen Stunden hatten wir mit ihr gesprochen und ihr versichert, alles zu versuchen, um sie zu beschützen und nun war sie tot.

Sam ging neben Diana in die Hocke, sah sie sich ganz genau an.

»Waren die anderen Opfer in der gleichen Position?«, fragte sie nach einer Weile.

»Ja, sie saßen alle an einen Baum gelehnt.«

»Das meine ich nicht Brian. Diana wurde nicht einfach nur dort hingesetzt, sondern gezielt positioniert.«

»Wie kommst du darauf?«

Ich wusste tatsächlich nicht, was sie meinte.

Diese war eine der vielen Situationen, bei denen ich merkte, dass sie eine andere Ausbildung genossen hatte, als ich und ihr aus diesem Grund Dinge auffielen, die einem normalen Polizisten entgingen.

»Siehst du die Stellung ihres rechten Armes und der Finger?«

»Ja, es sieht aus, als würde sie auf etwas zeigen.«

»Ganz genau!« Sie stand auf und stellte sich vor mich. »Ich brauche dringend die Tatortfotos.«

»Bitte sehr«, vernahm ich unvermittelt eine bekannte Stimme hinter mir.

»Deputy Furgison!«, reagierte Sam überrascht, während ich mich umdrehte.

Da stand er, überlegen grinsend und hielt ihr eine dicke Akte entgegen.

»Ich dachte mir, da es der erste Fundort ist, den sie in diesem Fall besuchen, könnten sie die Fotos der anderen Frauen sehen wollen.«

»Da haben sie wohl richtig gedacht«, antwortete sie freundlich und nahm ihm die Akte aus der Hand. »Danke.«

Sie sah sich direkt die Bilder an und runzelte die Stirn.

»Hast du was entdeckt?«

»Das weiß ich noch nicht«, antwortete sie, klappte die Akte wieder zu und sah mich an. »Darüber reden wir nachher in Ruhe.«

Sam drückte mir die Fotos in die Hand und ging wieder neben der Leiche in die Hocke.

»Schau mal Brian, die Würgemale am Hals sehen nicht so aus, wie bei den anderen Opfern. Sie sind unregelmäßig. Man kann nicht die einzelnen Finger erkennen.«

Rick begab sich ihr gegenüber auf Augenhöhe und fixierte sie mit seinem Blick.

»Und was schließen sie daraus?«

»Er verliert die Kontrolle.«

»Vielleicht hat sie sich einfach nur gewehrt und er konnte sie deshalb nicht richtig festhalten?«, hakte er nach.

»Nein! Er verliert die Kontrolle, aus diesem Grund, hat er das letzte Opfer auch in der Bleiche ertränkt, anstatt sie vorher zu töten und ich bin mir sicher, hier ist es ebenso. Und das zeigt mir, dass der Killer nicht so schlau ist, wie er versucht, uns weiszumachen.«

War sie jetzt total verrückt?

Wie konnte sie ihn nur so reizen?

Rick sah ihr noch einen Moment in die Augen und erhob sich dann ruckartig.

»Wir werden vielleicht irgendwann erfahren, ob sie richtig liegen«, entgegnete er und sah sich kurz um. »Wo ist eigentlich Doktor Levitt? Wollten sie nicht mit ihm zusammen fahren?«

»Er hatte noch etwas zu tun und wollte nachkommen«, gab ich ihm zur Antwort.

»Sie werden ihm auf dem Rückweg mit Sicherheit entgegenfahren«, machte Sam ihn indirekt darauf aufmerksam, dass er nun verschwinden soll.

Und Furgison verstand den Wink mit dem Zaunpfahl augenblicklich.

Er zog die Augenbrauen zusammen und fixierte sie abermals mit seinem Blick.

Sie bemerkte es nicht, da sie sich weiter auf Diana konzentrierte, aber mir entging die Wut in seinen Augen nicht.

Ohne noch ein weiteres Wort zu sagen, machte er auf dem Absatz kehrt und ging davon.

»Sag mal, bist du von allen guten Geistern verlassen?«, fragte ich sie, als Rick bereits außer Hörweite war.

»Weil ich ihn gereizt habe?«

Ich hätte es mir denken können.

So, wie ich sie bisher kennenlernte, war sie niemals unbedacht.

»Warum hast du das gemacht? Willst du ihn aus der Reserve locken, damit er einen weiteren Fehler begeht?«

»Du hast es erfasst. Was genau ich damit bezwecke, erfährst du, wenn es soweit ist.« Sie stand auf und stellte sich vor mich. »Wenn wir hier fertig sind, müssen wir eine Karte dieser Gegend auftreiben. Ich bin mir fast sicher, dass der Killer uns einen Hinweis darauf gab, wo wir ihn finden können.«

Nachdem Doktor Levitt eingetroffen war, verschwanden Sam und ich.

Wir fuhren zurück, um das Archiv im Department nach einer Karte abzusuchen, die die Fundorte der Leichen zeigte.

Doch nach langer Suche stellten wir fest, dass ausgerechnet diese Karte fehlte.

Ein Zufall?

Sollte wirklich Furgison der Killer sein, wahrscheinlich nicht.

»Ich rufe mal kurz im Stadtarchiv an. Mit ein wenig Glück, haben die eine Karte.«

»Hat das überhaupt noch offen? Es ist fast Sieben«, gab Sam zu bedenken und sie sollte recht behalten.

Also waren wir gezwungen, bis morgen Früh zu warten.

»Kannst du mich in mein Hotel fahren?«

»Natürlich.« Meine Enttäuschung darüber, dass sie nicht mit zu mir wollte, konnte ich in meiner Stimme nicht ganz verbergen, was sie zum Schmunzeln brachte.

»Ich möchte nur kurz duschen und mir frische Kleidung anziehen, danach komme ich dann zu dir rüber und wir essen gemeinsam etwas.« Sich auf die Unterlippe beißend kam sie zu mir und schnappte mich am Kragen meines Uniformhemdes. »Klingt das gut, Sheriff?« Sie zog mich zu sich herunter und drückte ihre Lippen auf meine.

Als sie sich wieder zurückziehen wollte, schlang ich meine Arme um sie und vertiefte unseren Kuss.

Sie drückte sich an mich und ein leises Stöhnen entwich ihrer Kehle, wodurch sie mich beinahe um den Verstand brachte.

Fast den ganzen Tag hatten wir miteinander verbracht, ohne dass ich sie küssen oder berühren konnte und ich musste all meine Willenskraft aufbringen, um sie nicht hier im Archiv gegen eine der Wände zu drücken und mir einfach zu nehmen, was ich so sehr begehrte.

Wir waren zwar nicht dazu gezwungen, es geheimzuhalten, dennoch wollte ich nicht unbedingt von einem meiner Kollegen auf frischer Tat ertappt werden.

»Wir sollten jetzt besser aufhören«, sagte ich atemlos, nachdem ich unseren Kuss unterbrochen hatte.

Sie grinste mich herausfordernd an.

»Bist du sicher?«, fragte sie und fuhr mit ihren Fingernägeln von meinen Schultern hinunter über meine Brust und somit auch über meine empfindlichen Brustwarzen.

Zischend sog ich Luft zwischen meinen Zähnen ein, packte sie an den Handgelenken und drängte sie nun doch gegen die Wand.

»Du Biest!«, raunte ich, bevor unsere Lippen wieder aufeinanderprallten.

13

Engelshaar

KILLER

Da lief sie.

Schön, makellos und selbstsicher.

Ihre blonden Haare leuchteten immer wieder im Licht der Straßenlaternen auf.

Sie war die Richtige.

Sie musste es sein.

Keine andere war schöner.

Keine andere hatte makellosere Haut.

Sollte sie es nicht sein, musste ich woanders suchen.

In einer anderen Stadt.

In einem anderen Bundesstaat.

Langsam und leise näherte ich mich ihr.

Auch sie bemerkte mich nicht.

War in ihre Gedanken versunken.

Der Wind kam uns entgegen und wehte mir ihren süßen Duft in die Nase.

Vorfreude erfasste mich und ich musste mich beherrschen, sie mir nicht direkt zu schnappen.

Das wäre zu riskant.

Auch wenn ich stärker war als sie.

Vorsichtig berührte ich mit den Fingerspitzen ihr engelgleiches Haar und trennte eine Strähne ab.

Mit einer schnellen Bewegung schnitt ich mit meinem scharfen Messer das Haar ab und verschwand sofort in der nächsten Hausnische ins Dunkel.

Sie ging einfach weiter.

14
Ein riskanter Plan

SAMANTHA

Als ich bei Brian klingelte, tanzten die Schmetterlinge in meinem Bauch Tango.

Warum war ich nur so nervös?

»Es ist offen!«, hörte ich ihn von drinnen rufen und ich ging hinein.

Ein unglaublicher Duft umfing mich.

Kochte er etwa?

Mit schnellen Schritten ging ich zu ihm in die Küche und tatsächlich stand er am Herd, rührte gerade in einem Topf und hatte eine Schürze umgebunden.

»Du kochst?«, fragte ich etwas zu ungläubig und erntete von Brian auch sogleich einen beleidigten Gesichtsausdruck.

»Ja, stell dir vor, ich kann kochen. Ich bin nicht einer dieser kleinstädtischen Hinterwäldler, für den du mich scheinbar hältst!«

Grinsend und kopfschüttelnd ging ich zu ihm und schmiegte mich von hinten an ihn heran.

»Ich war einfach nur erstaunt darüber, dass du dir so spät noch die Mühe machst, etwas zu kochen.« Ich löste mich wieder von ihm und drehte ihn zu mir um. »Nicht eine Sekunde, seit ich dich kenne, habe ich dich für einen Hinterwäldler gehalten! Ich wusste vom ersten Moment, dass du anders bist. Gut anders.«

Nun strahlte er über das ganze Gesicht und gab mir einen Kuss auf die Stirn.

»Es ist kein Gourmetdinner, aber es macht satt und schmeckt lecker.«

»Was ist es denn?«, fragte ich neugierig und versuchte in den Topf zu sehen.

»Spaghetti Bolognese alla Kian.«

»Alla Kian?«, hakte ich nach, doch er gab mir keine Antwort.

Stattdessen schob er mich grinsend aus der Küche.

Selbst ohne mein fotographisches Gedächtnis würde der Geschmack seines Essens, wohl für ewig in meiner Erinnerung bleiben.

Verdammt, war das lecker!

»Mmh«, machte ich und schloss genießerisch die Augen.

»Schmeckt es dir?«

»Das ist der Wahnsinn!«, entgegnete ich, nachdem ich geschluckt hatte. »Verrätst du mir, wie du das gemacht hast?«

»Karotten, Lauch und Zwiebeln kleingeschnitten in einer Mischung aus Butter und gutem Olivenöl eine

Weile köcheln lassen. Währenddessen Rinderhack in Butter scharf anbraten. In das Gemüse Tomaten und Tomatenmark. Mit Salz, Pfeffer, Paprikapulver und Curcuma würzen und alles fein pürieren. Hackfleisch rein und fertig.«

»Wow! Wo hast du das Rezept her?«

»Von meinem Cousin Kian und er hat es aus dem Internet. Im Originalrezept wird Staudensellerie verwendet, aber er hat es mit Lauch verwechselt. Das hat er allerdings erst bemerkt, nachdem er schon mit kochen fertig war und es hat seiner Familie so gut geschmeckt, dass er es nie mit dem Sellerie versucht hat«, erzählte er schmunzelnd.

»Das sind auf jeden Fall die besten Spaghetti Bolognese, die ich jemals gegessen habe!«, versicherte ich ihm.

Nach dem Essen räumten wir gemeinsam den Tisch ab und die Küche auf.

Ich stand gerade an der Spüle, als er von hinten an mich herantrat.

Sanft strich er mit seinen warmen Händen über meine Hüften nach vorne, als er plötzlich innehielt.

»Sam, dir fehlt eine Haarsträhne!«

Mit meiner rechten Hand griff ich nach hinten in mein Haar und dreht mich zu ihm um.

»Ich weiß.«

»Du...« Er unterbrach sich selbst und atmete tief durch die Nase ein, sodass sich seine Nasenflügel hoben. »Wann hattest du vor, mir davon zu erzählen?«

»Eigentlich sofort nach meiner Ankunft. Aber als ich sah, dass du für uns gekocht hast, habe ich es auf später verschoben.«

»Ab sofort, stehst du unter meinem persönlichen Schutz. Du wirst keinen Schritt mehr ohne mich machen!«

»Nein!«, widersprach ich.

Mit großen Augen und offenem Mund, starrte er mich einige Sekunden sprachlos an.

So eine Reaktion hatte er wohl nicht von mir erwartet.

»Nein?« Er packte mich seitlich an den Schultern und fixierte mich mit seinem ernsten Blick. »Was zur Hölle hast du vor?«

»Er soll mich entführen und wenn du kommst, um mich zu retten, legen wir ihm gemeinsam das Handwerk.«

Abermals starrte er mich einen Moment ungläubig an, bevor er sein Sprachvermögen wiederfand.

»Spinnst du? Wir können nicht mit Sicherheit sagen, ob es Rick ist. Wir haben keinen Schimmer, wo er dich hinbringen wird und wir wissen ebenfalls nicht, wann er nach deiner Entführung damit beginnen wird, dich mit dem Messer zu schneiden!«

»Selbst wenn es nicht Furgison sein sollte, wo der Killer mich hinbringen wird, werden wir morgen herausfinden und selbst wenn du erst kommst, wenn er schon damit begonnen hat mich zu verletzen, ist es der beste Weg ihn für immer hinter Gitter zu bringen, wenn wir ihn in flagranti erwischen! Ich werde nicht noch ein weiteres Opfer verschulden!«

Mit beiden Händen umfasste er mein Gesicht, fast flehend sah er mich an.

»Bitte Sam, tu das nicht! Lass uns doch erstmal das Ergebnis der DNA-Untersuchung von John abwarten. Wenn es Rick ist, haben wir doch den Beweis seiner Schuld, ohne dass du dich in solch eine Gefahr bringen musst.«

»Schon mal was von berechtigtem Zweifel gehört? Was wenn er eine logische Erklärung für seinen Speichel an dem Opfer findet? Außerdem können wir ihm damit nur die Entführungen und schwere Körperverletzung nachweisen. Aber wenn er mich dort hinbringt, wo er auch die anderen Frauen hinbrachte, finden wir dort sicher jede Menge Spuren.«

Sein Gesichtsausdruck veränderte sich.

Er wusste, ich hatte recht.

Aber er wollte nicht, dass ich recht hatte.

Brian trug einen inneren Kampf mit sich aus.

Auf der einen Seite stand da der Polizist, der meinen Plan gut fand und auf der anderen war ein Mann, der ganz offensichtlich Gefühle für mich hatte und mich um jeden Preis beschützen wollte.

Er schloss mich fest in seine Arme und gab mir einen Kuss auf den Scheitel.

»Versprich mir nur eines, Sam. Nimm dein Telefon mit, damit ich dich orten kann. Verstecke es meinetwegen in deinem Stiefel, so entdeckt er es erst sehr spät und bitte, bring ihn nicht unnötig auf die Palme!«

»Ok.«

»Sam, ich will dass du es versprichst!«

»Versprochen!«

Wir tüftelten noch eine ganze Weile an unserem Plan herum, bis mir beinahe die Augen zufielen.

Als wir schließlich im Bett lagen, zog er mich sanft in seine starken Arme.

»Auch auf die Gefahr hin, dass du mich wieder einen Softy nennst...« Er gab mir einen Kuss auf die Stirn und drückte mich noch ein wenig fester an sich. »Aber ich habe Angst um dich, Sam. Alleine die Vorstellung, dass dich dieser kranke Bastard anfasst und wer weiß was mit dir anstellt, lässt mich jetzt schon fast durchdrehen!«

»Wir haben einen super Plan und bis er mich morgen Nacht holt, ist auch alles vorbereitet.«

»Es kann immer etwas schief laufen!«, widersprach er mir und ich sah hoch in sein besorgtes Gesicht.

»Auch wenn wir uns noch nicht lange kennen, aber du bedeutest mir viel, Sam. Ich will nicht, dass dir etwas passiert!«

Ich konnte seine Sorge um mich verstehen, denn er hatte recht.

Kein Plan war perfekt.

Doch ich musste einfach darauf vertrauen, dass Brian mich, egal was auch immer passierte, wieder aus den Fängen des Killers retten würde.

»Du bedeutest mir auch sehr viel, mein Softy«, entgegnete ich ihm und gab ihm einen Kuss auf seine verführerischen Lippen.

»Sam«, flüsterte er gequält. »Du machst mich wahnsinnig!«

Mit einem leisen Stöhnen, welches sämtliche Zellen in mir in Brand setzte, senkte er seinen Mund wieder auf meinen und küsste mich so leidenschaftlich, dass ich alles um mich herum vergaß.

Als ich am nächsten Morgen aufwachte, hörte ich nebenan das Wasser laufen.

Ich stieg aus dem Bett und ging ins Badezimmer und da stand er, mein persönlicher Adonis, der sich gerade einschäumte.

Er hatte mich noch nicht bemerkt, also ging ich zu ihm und schmiegte mich von hinten an ihn heran.

Brian brummte wohlig und drehte sich zu mir um.

»Hey«, hauchte er, gab mir einen Kuss und begann damit mich ebenfalls einzuseifen.

Keinen Millimeter ließ er dabei aus.

Oh Gott!

Wie er mich dabei betrachtete, beinahe ehrfürchtig, als ob er nie etwas Schöneres vor Augen hatte.

Als der Schaum von uns heruntergewaschen war, legte er seine Hände seitlich an meinen Hals. Mit seinen Daumen streichelte er mich am Unterkiefer und sah mir dabei tief in die Augen.

Keiner von uns sprach auch nur ein einziges Wort, aber das war auch nicht notwendig, unsere Augen sagten mehr als tausend Worte.

Dieser Moment war so berauschend, fühlte sich unglaublich kostbar an.

Doch auch Angst überkam mich.

Angst, dies könnten unsere letzten intimen Augenblicke miteinander sein.

Kaum dass wir sein Büro betreten hatten, griff Brian zu seinem Telefon auf dem Schreibtisch und rief das Stadtarchiv an, um uns die benötigte Karte zu organisieren.

»Sie haben eine«, meinte er erleichtert, nachdem er aufgelegt hatte. »Aber sie müssen sie erst noch raussuchen und rufen mich an, wenn sie sie haben.«

»Ok, wo hast du die Akte mit den Fotos von gestern?«

»Du meinst, die die uns Rick gebracht hat? Die habe ich hier«, meinte er und zeigte auf den Tisch.

Ich ging hin, schnappte sie mir und kniete mich auf den Boden.

Vor mir legte ich die Bilder aus, während Brian neben mir in die Hocke ging.

»Was siehst du?«

Er betrachtete die Fotos der Opfer einen Moment, bevor er die Augenbrauen nach oben zog.

»Bei jeder ist einer der Arme seitlich ausgestreckt, so wie bei Diana gestern.«

»Ganz genau. Und warum zeige ich dir das?«

»Du denkst, sie zeigen alle in die gleiche Richtung«, kombinierte er richtig, stand auf und ging zu seinem Computer.

Ich sagte nichts, ließ ihn erstmal einfach machen, während er auf seiner Tastatur herumtippte und sich etwas auf einem Notizblock notierte.

Einige Minuten später setzte er sich mit Stift und Block zu mir.

»Wir haben Glück, Sam. Alle Fotos wurden etwa zur Mittagszeit gemacht«, begann er zu erzählen und zeigte auf die Zeitangabe auf den Bildern. »Und die Sonne ist an diesen Tagen auch ungefähr zur selben Zeit aufgegangen. Wenn wir nun schauen, wie die Schatten auf

den Aufnahmen ausgerichtet sind, können wir herausfinden, in welche Himmelsrichtung die Opfer zeigen.«

Wow, ich wusste, es steckte mehr als nur ein einfacher Provinzsheriff in ihm!

»Gut kombiniert Watson!«, entgegnete ich schmunzelnd. »Damit bekommen wir aber noch nicht heraus,
wo der Killer uns hinführen möchte.«

»Ich weiß, dafür brauchen wir die Karte. Dort können wir dann alle Fundorte markieren und mit einem
Pfeil die Richtung in die die Opfer zeigen einzeichnen.«

»Exakt. In der Hoffnung, dass sie alle in die selbe
Richtung zeigen und es dort nur ein Gebäude gibt.«

Das breite Lächeln verschwand aus seinem Gesicht.

»Wenn nicht, ist der Plan gestorben. Es wäre sonst zu
gefährlich!«

»Aber wenn ich heute Abend das Smartphone in
meinen Stiefel stecke, bevor ich raus gehe, kannst du
mich darüber orten.«

»Sam, das ist zu riskant! Wenn er dich direkt nachdem er dich betäubt hat durchsucht, was, wenn es sich
bei dem Killer tatsächlich um Rick handelt, wahrscheinlich ist, bringt das Telefon einen Scheiß!«

So sehr es mich ärgerte, aber Brian hatte recht.

Hoffentlich rief bald das Archiv an, damit wir Gewissheit darüber bekamen, ob unser Plan ausgeführt
werden konnte oder nicht.

»Ok, wenn wir auf der Karte nichts finden, ist der Plan gestorben«, gab ich klein bei und erhielt zur Belohnung einen Kuss von ihm.

»Ich weiß, du möchtest alles dafür tun, um den Killer zu schnappen, damit er nicht noch mehr Frauen tötet. Aber selbst das Mordopfer zu werden ist keine Lösung, sondern verschlimmert die ganze Sache noch. Denn wer außer dir, wäre dazu in der Lage, diesen Scheißkerl dingfest zu machen!?«

»Schon gut, ich habs kapiert.«

Kaum hatte ich meinen Mund geschlossen, klopfte es an der Tür.

»Herein.«

Deputy Larkin, der mich bei meiner Ankunft vor ein paar Tagen, stundenlang im Department festhalten wollte, kam herein.

»Tut mir leid, dass ich störe«, begann er unsicher. »Aber der Sheriff möchte mit ihnen sprechen.«

»Danke, wir kommen sofort.«

Larkin nickte knapp und verschwand wieder, während Brian und ich aufstanden.

»Geh schon mal vor. Ich muss noch kurz nachsehen, ob mir mein Boss eine Nachricht geschickt hat«, sagte ich zu Brian, während ich bereits mein Smartphone aus der Hosentasche zog.

»Alles klar, aber beeil dich. Kinkade hasst es, wenn man ihn warten lässt.«

»Drei Mal darfst du raten, ob mich das interessiert. Er ist nicht mein Boss«, rutschte es mir heraus.

»Nein, deiner nicht«, entgegnete er etwas verärgert.

»Tut mir leid, Brian.« Ich ging zu ihm und nahm seine Hand in meine. »Kinkade ist nur so ein arrogantes...« Weiter kam ich nicht, denn er unterbrach mich mit einem Kuss.

»Schon gut, Sam. Ich denke, er ist für uns beide ein sehr *reizvolles* Thema!«

»Da hast du wohl recht. Aber jetzt geh, ich komme gleich nach.«

Er verschwand aus seinem Büro und ich setzte mich kurz an den Schreibtisch.

Ich hatte tatsächlich eine Nachricht, allerdings nicht von meinem Chef, sondern vom DNA-Labor. Die Proben waren gut angekommen und verwertbar.

Perfekt.

»Blaaake!!«, hörte ich Kinkade sogar durch die geschlossene Tür brüllen und in mir kochte sofort die Wut hoch.

Ich sprang auf und lief mit großen Schritten zum Büro des Sheriffs, dessen Tür offen stand.

Ich war noch nicht einmal richtig über die Türschwelle getreten, da brüllte er bereits los.

»Blake, wenn sie denken, sie könnten hier tun und lassen, was sie wollen, dann haben sie sich geschnitten! Noch bin ich der Sheriff und wenn ich will, dass sie in mein Büro kommen, dann haben sie gefälligst ihren Arsch in Bewegung zu setzen! Und wenn sie zu blöd dazu sind das zu...«

»Jetzt halten sie mal die Luft an!«, unterbrach ich ihn mit erhobener Stimme. »Zum einen, bin ich *Spezial Agent* Blake und erwarte von ihnen auch so angesprochen zu werden! Und zum anderen sind nicht sie mein Boss. Mein Vorgesetzter sitzt in Washington und erwartet regelmäßige Berichterstattung. Ihm und nur ihm bin ich Rechenschaft schuldig und wenn ihnen das nicht in den Kram passt und sie mich weiterhin so respektlos behandeln, nehme ich meine Erkenntnisse zu dem Fall mit und verschwinde von hier! Mal sehen wie viel Blut sie dann an ihren Händen kleben haben, bis sie es geschafft haben, den Fall zu lösen!« Mein Blick huschte kurz zu Brian, der mich mit hochgezogenen Augenbrauen und einem Schmunzeln in den Augen ansah.

Kinkade hingegen stand der Mund offen, er war es wohl nicht gewohnt, dass sich jemand traute, ihm Paroli zu bieten.

Brian stellte sich vor mich und legte seine Hände auf meine Schultern.

»Sam, geh du jetzt erstmal frische Luft schnappen, ich kläre den Sheriff über den Stand der Ermittlungen auf.«

Das war eine hervorragende Idee.

Kinkade machte mich mit seiner Art immer so unglaublich wütend, obwohl ich eigentlich ein sehr beherrschter Mensch war.

Ich nickte Brian zu und ging aus dem Raum.

Auf dem Weg nach draußen starrten mich alle ungläubig an.

Sie alle hatten wohl das Geschrei aus dem Büro des Sheriffs mitbekommen.

Vor dem Gebäude angekommen, schloss ich erstmal die Augen und atmete tief durch.

Einerseits hoffte ich ja, den Fall schnell abschließen zu können, um diesen sturköpfigen und verbohrten Esel wieder loszuwerden. Doch was dann aus Brian und mir werden würde stand in den Sternen.

Der Gedanke daran, ihn, uns zu verlieren, schmerzte.

In seinem Beruf als Polizist war er kompromisslos, gewissenhaft und mutig.

Doch privat, wenn man ihm dazu auch noch etwas bedeutete, war er warmherzig, zuvorkommend, zärtlich aber vor allen Dingen verletzlich.

Er war etwas ganz Besonderes.

Als ich meine Augen wieder öffnete, stand unvermittelt Furgison vor mir und grinste mich diabolisch an und bevor ich auch nur ansatzweise reagieren konnte, drückte er mir ein Stofftuch auf das Gesicht, wodurch mir augenblicklich schwindelig wurde.

Verdammt!

So war das nicht geplant!

15

Das erste Mal

SAMANTHA
(RÜCKBLICK)

Chris Richardson.

Der Schwarm der Highschool.

Blonde Haare, blaue Augen, muskulös und immer die trendigsten Klamotten.

Er war ein Jahr älter als ich und der Captain des Footballteams.

Unerreichbar für mich.

Dachte ich zumindest.

Doch kurz nach meinem sechzehnten Geburtstag geschah etwas, dass ich niemals vermutet hätte, wovon ich stets nur träumte.

In der Mittagspause saß ich gemütlich unter einem Baum, hörte mit geschlossenen Augen Musik und ließ die zarten Sonnenstrahlen auf mein Gesicht scheinen.

Ich hörte, wie jemand in meiner Nähe durch das Gras lief, dachte mir allerdings nichts dabei.

Erst als die Schrittgeräusche direkt vor mir verstummten und etwas Großes einen Schatten auf mich warf, öffnete ich die Augen und sah in das hübscheste Gesicht, das ich kannte.

»Warum sitzt du hier so alleine?«, fragte er mich und ich flippte innerlich beinahe aus, weil er tatsächlich mit mir sprach.

Mit mir!

Seit fast einem Jahr wurde ich von allen gemieden.

Sie fanden mich gruselig, weil ich mir alles merken konnte und weil sich herumgesprochen hatte, dass ich immer wieder eine Frau sah, die bisher sonst keiner sehen konnte.

Selbst meine angeblich besten Freundinnen Melanie und Jessy ließen mich im Stich.

Anfangs hielten sie noch zu mir.

Doch als sie merkten, dass ihr eigener Ruf ebenfalls darunter litt, nahmen sie Abstand.

Erst nur in der Schule, aber als man sie mit mir zusammen im Kino sah und unter den Schülern rumerzählt wurde, dass die beiden sich mit einem Freak abgaben, war es ganz vorbei.

»Als ob das ein Geheimnis wäre!«, gab ich zickig zurück.

Ja, selbst bei ihm war ich so.

So war ich mittlerweile zu allen.

Es war mein Schutzschild, meine Waffe.

Doch Chris ließ sich dadurch nicht beirren.

Grinsend setzte er sich mir gegenüber auf das Gras und fixierte mich mit seinem Blick.

»Ok, erwischt. Ich weiß, warum du alleine hier sitzt«, gab er zu.

»Und weshalb bist du dann hier und redest mit mir?«

»Weil mir das blöde Gequatsche der anderen am Arsch vorbei geht!«

»Aha«, tat ich genervt. »Seit wann denn das?«

Sein Grinsen wurde breiter.

»Seit ich dich beobachtet habe und feststellte, dass du gar nicht so komisch bist, wie alle behaupten.«

»Du hast mich beobachtet?«, fragte ich verwundert und er nickte. »Aber nur weil du mich beobachtet hast, kannst du nicht wissen wie oder wer ich bin.«

»Und deshalb möchte ich mit dir ein Date.«

Ich schluckte trocken.

Er wollte ein Date?

Mit mir?

Meine Alarmglocken schrillten.

Warum sollte ausgerechnet er mit mir ausgehen wollen?

Ich war mittlerweile ein Niemand auf dieser Schule.

Schlimmer noch, das Gespött!

»Ich weiß nicht«, antwortete ich deshalb unsicher und sah zu Boden.

»Hey«, hauchte er, legte mir sanft seinen Finger unter das Kinn und zwang mich, ihn wieder anzusehen. »Ich will nur ein Date. Wenn wir merken, dass es nicht passt, lassen wir es. Aber was ist, wenn es toll wird? Willst du diese Chance wirklich verpassen?«

Er hatte recht.

Was war schon dabei?

Also sagte ich zu und bereits am nächsten Freitag holte er mich zu unserem Date ab.

Galant öffnete er mir die Tür zu seinem Auto.

Ein Geländewagen, drei Sitze und eine große Ladefläche.

Er fuhr mit mir mitten in die Pampa und ich fühlte mich immer unwohler.

Wo zum Teufel wollte er mit mir hin?

Nach einer gefühlten Ewigkeit hielt er auf einer Art Plateau an.

Man hatte von dort eine tolle Aussicht auf den Sonnenuntergang, aber mir erschloss sich noch immer nicht, warum er mich hierher gebracht hatte.

Unsicher sah ich Chris an, doch er grinste nur und stieg aus.

Er öffnete die Klappe zur Ladefläche und räumte irgendwas umher, bevor er zu meiner Seite kam und mir die Tür aufhielt.

Er schnappte sich meine Hand und führte mich zur Rückseite des Wagens.

Nun sah ich, was er dort getan hatte.

Es lag eine Decke ausgebreitet und ein Picknickkorb stand dort.

Was für eine schöne Idee!

Ich wusste gar nicht, dass Chris so romantisch war.

»Gefällt es dir?«, fragte er und ich nickte lächelnd.

Leckere Sandwiches und Obst hatte er in seinem Korb.

Zu trinken hatte er jedoch weniger Auswahl.

Nur eine Flasche Sekt.

»Ich darf noch keinen Alkohol trinken, Chris«, merkte ich an und er grinste mal wieder.

»Ich auch nicht, aber ich dachte mir, dass das die Stimmung ein wenig auflockert.«

Ob das so eine gute Idee war?

Alkohol hatte ich bisher noch nie getrunken.

Doch ich wollte auch keine miese Stimmung machen.

Also lächelte ich ihn einfach nur an.

Während wir die Brote verputzten, unterhielten wir uns über alles Mögliche.

Es war wirklich nett mit ihm.

Und als wir gegessen hatten, schenkte er mir bereits das dritte Mal nach.

Ich hatte so einen Durst, weil die Sandwiches ein wenig zu salzig waren.

Warum hatte er da überhaupt Salz drauf gemacht?

Mir war der Alkohol schon ordentlich in den Kopf gestiegen, als er meine Hand nahm und mich mit einem Blick fixierte, den ich nicht deuten konnte.

»Weißt du eigentlich, dass du wunderschön bist?«

»Danke«, hauchte ich verlegen und spürte, wie meine Wangen rot wurden.

Sanft streichelte er meinen Arm nach oben, bis er im Nacken ankam.

Immer wieder huschte sein Blick zu meinem Mund und zurück zu den Augen, bevor er damit begann, sich mir zu nähern.

Oh Gott!

Wollte er mich etwa küssen?

Kaum hatte ich mir gedanklich diese Frage gestellt, trafen auch schon seine Lippen auf meine.

Ein Feuerwerk explodierte in meinem Bauch, welches auch noch weiter südlich wanderte, als er den Kuss nach kurzer Zeit vertiefte.

Das war völlig neu für mich, fühlte sich aber unglaublich an.

Als sich dann unsere Zungenspitzen das erste Mal berührten, stöhnten wir beide leise auf und Chris wurde ein wenig stürmischer.

Seine Hände gingen auf Wanderschaft und erkundeten meinen Körper.

Doch als er mit seiner Hand meine Brust umfasste, schob ich ihn sanft von mir weg.

Das ging mir dann doch etwas zu schnell.

Er knurrte und dieses Geräusch, vibrierte durch meinen ganzen Körper.

»Was ist los?«, fragte er atemlos. »Gefällt es dir nicht?«

»Doch!«, versicherte ich ihm sofort. »Aber...«

»Aber was?«

»Es geht mir ein wenig zu schnell.«

Er zog überrascht die Augenbrauen nach oben.

»Glaub mir wenn ich dir sage, zu schnell gibt es nicht. Nur zu langsam.« Er legte wieder seine Hand in meinen Nacken und kraulte mich zärtlich. »Das Leben ist doch viel zu kurz um abzuwarten. Schon morgen könntest du von einem Auto überfahren werden und bist tot.« Er zog mich zu sich, bis sich unsere Lippen leicht berührten. »Willst du etwa als Jungfrau sterben?«

Kaum hatte er zu ende gesprochen, küsste er mich wieder wild und nahm mir damit die Möglichkeit zu antworten.

Hatte er recht?

Sollte man immer aufs Ganze gehen, weil es jederzeit vorbei sein könnte?

Mir fiel mein Großvater ein, der sein Leben lang jeden Tag hart gearbeitet hatte.

Er ging früh am Morgen aus dem Haus und kam erst am späten Abend zurück.

Seine Kinder hatte er fast nie gesehen und dadurch unglaublich viel verpasst.

Drei Monate nachdem er endlich in Rente gegangen war und sein Leben in vollen Zügen genießen konnte, starb er.

Wollte ich auch so enden?

Sicher nicht!

Also beschloss ich, endlich meinen Kopf abzuschalten und mich voll und ganz auf Chris einzulassen.

Die Nacht mit ihm war unglaublich schön!

Es gab zwar immer wieder Momente, in denen ich zögerte, aber er schaffte es jedes Mal mich zu beruhigen.

Als es dann so weit war, war ich extrem nervös.

Würde es weh tun?

War ich tatsächlich schon so weit?

Würde ich mich danach anders fühlen?

Diese und tausend andere Fragen, rasten durch meinen Verstand.

Doch ich versuchte sie alle auszublenden, weil ich mich langsam verspannte und das sicher nicht unbedingt von Vorteil war.

Bevor er mich wieder nach Hause fuhr, kuschelten wir noch ein wenig miteinander und betrachteten dabei die funkelnden Sterne über uns.

Ich war im siebten Himmel!

Mein erstes Mal und das mit dem Jungen, für den ich schon lange schwärmte.

Nun da er mein Freund war, würde auch meine Beliebtheit wieder steigen und mein Leben normal werden.

Wie dumm ich doch war!

Bereits am nächsten Schultag, holte mich die Realität wieder von meiner Wolke herunter und schmetterte mich brutal auf den Boden der Tatsachen!

Alle auf der Schule begannen zu tuscheln und zu lachen, wenn sie mich sahen.

Ich ahnte bereits jetzt nichts Gutes.

Doch am schlimmsten waren die Jungs der Footballmannschaft.

Sie machten eindeutige Bewegungen mit ihrem Unterleib in meine Richtung und stöhnten künstlich.

Dann lief ich Chris über den Weg.

Er grinste mich fies an und in diesem Moment, wurde mir schmerzlich bewusst, dass ich auf meinen Instinkt hätte hören sollen, der mir mit seinen schrillenden Alarmglocken versucht hatte klarzumachen, dass ich lieber die Finger vom Captain der Footballmannschaft lassen sollte!

Was zur Hölle brachte mir mein überdurchschnittlich hoher IQ, wenn ich dennoch so dämlich war und glaubte, er würde es ehrlich mit mir meinen?

Er beugte sich zu mir herunter, um mir ins Ohr zu flüstern.

»Falls du es noch nicht mitbekommen hast, jeder hier weiß über Freitagnacht Bescheid. Und glaub mir, wenn ich dir sage, dass ich dir damit einen Gefallen getan habe. Dein Ruf ist jetzt besser als vorher.«

»Warum hast du das getan?«, fragte ich leise, den Tränen nahe.

»Glaubst du ernsthaft, jemand wie ich würde sich auf jemanden wie dich einlassen, ohne etwas davon zu haben?«, stellte er mir herablassend eine Gegenfrage. »Die Jungs haben gewettet, dass ich dich nicht beim ersten Date in die Kiste bekommen würde. Die Wette musste ich annehmen, schließlich habe ich einen Ruf zu verteidigen«, meinte er locker, als ob es nichts Selbstverständlicheres gäbe. »Und dank deiner grandiosen Naivität, muss ich nun für den Rest des Schuljahres nicht mehr die dreckigen Sportklamotten der Mannschaft waschen!«

Befreiung vom Waschdienst, für meine Jungfräulichkeit?

Wut kochte in mir hoch.

Ich hatte ja schon einiges an Erniedrigungen ertragen müssen, aber das, was Chris mir angetan hatte, toppte alles!

Aus einem Impuls heraus knallte ich ihm eine, drehte mich um und rannte davon.

Keine Minute länger wollte ich die Blicke der anderen auf mir spüren.

Vielleicht war ich naiv, aber musste man das gleich so gnadenlos ausnutzen?

Und Schuld an allem hatte diese verdammte Frau!

Würde es sie nicht geben, wäre mein Leben ganz anders verlaufen.

Und als ob ich an diesem Tag nicht schon genug erdulden musste, stand sie gegenüber des Spielzeugladens auf dem Gehweg, wie an dem Tag, als ich sie zum ersten Mal sah und es fühlte sich in diesem Moment so an, als würde sie mich verhöhnen.

16

Endlich mein

KILLER

Jetzt war sie mein.

Mein!

Ihr Blick, als sie ihre Augen öffnete und mich sah.

Es war keine Überraschung darin.

Sie wusste bereits, dass ich der gesuchte Killer war.

Doch dies wiederum überraschte mich nicht.

Sie war eine kluge Frau.

Nun lag sie da.

Bewusstlos.

Bis auf ihren Slip nackt, makellos und wunderschön.

Ich war mir sicher, dass ich nicht ohne sie diese jämmerliche Kleinstadt verlassen würde.

Und Brian, diesem widerlichen Dreckskerl, der seine dreckigen Finger nicht von MEINER Schönheit lassen konnte, wollte ich am liebsten mein Messer in sein verkommenes Herz rammen!

Aber vielleicht gönnte mir das Schicksal dieses Vergnügen noch.

Vorerst musste ich mich jedoch um Samantha kümmern.

Langsam aber sicher kam sie wieder zu Bewusstsein.

Schneller als die anderen.

Alleine das bewies mir, dass sie etwas Besonderes war.

Dass sie nicht wie die anderen in der Wanne mit Bleiche enden würde.

Andererseits war ich mir bei allen Frauen anfangs sicher gewesen.

Mit geübten Handgriffen hob ich Samantha hoch und fesselte sie.

Genau rechtzeitig.

Sie wurde wach, als ich gerade fertig war.

Sie öffnete die Augen und starrte mich an.

Jedoch nicht ängstlich.

Ihre Wut auf mich war schon fast körperlich spürbar.

»Du mieses Stück Scheiße!«, brüllte sie mich an und riss an ihren Fesseln.

17

Wettlauf gegen die Zeit

BRIAN

Nachdem ich meinen Vater über jene Ermittlungser-
gebnisse aufgeklärt hatte, die wir bereits preisgeben
konnten, suchte ich nach Sam.

Doch alles was ich vor dem Department fand, war
ein Stofflappen auf dem Boden.

Ein ungutes Gefühl überkam mich und auch wenn
ich das unter anderen Umständen niemals getan hätte,
hob ich das Stück Stoff auf und roch vorsichtig daran.

Sofort hob ich es wieder von mir weg.

Chloroform!

»Verfluchte Scheiße!«

Mir war augenblicklich klar, was das zu bedeuten
hatte, auch wenn es dafür nur dieses kleine Beweis-
stück gab.

Doch mein Instinkt sagte mir, dass der Killer Sam
geholt hatte.

Warum er dies jetzt schon und nicht erst heute Nacht
getan hatte, wusste ich nicht.

Aber es spielte momentan auch keine Rolle.

Das Einzige was jetzt zählte, war, sie so schnell es ging zu finden und davor zu bewahren, wie die anderen Frauen zu enden.

Mein erster Weg führte zum Stadtarchiv.

Ich konnte nur inständig hoffen, dass Sam recht behielt und ich dazu in der Lage war, sie über die Karte zu finden.

Bevor ich in das Gebäude ging, rief ich noch schnell Deputy Larkin an und trug ihm auf, Sams Telefon zu orten.

Vielleicht hatte ich ja Glück und brauchte die Karte am Ende gar nicht.

»Brian, schön sie zu sehen. Ich wollte sie gerade anrufen, um ihnen zu sagen, dass die Karte bereit liegt«, begrüßte mich die immer freundliche Archivarin, die sicher das offizielle Renteneintrittsalter längst überschritten hatte, als ich das Archiv betrat.

»Perfekt. Genau aus diesem Grund bin ich hier.« Sie überreichte mir die zusammengerollte Karte, die sich zum Schutz in einer Pappröhre befand. »Vielen Dank Miss Gardner und schönen Tag noch«, verabschiedete ich mich schnell wieder und eilte zurück.

Kaum hatte ich das Department betreten, kam mir schon Larkin entgegen.

»Ich habe das Telefon orten können«, begann er zu berichten.

»Und? Wo befindet es sich?«

»Hier.«

»Hier?«, hakte ich verwundert nach.

War sie doch noch nicht entführt worden und wartete hier irgendwo auf mich?

»Ja, in diesem Gebäude.« Er deutete mit dem Arm in Richtung Flur, wo sich die Büros befanden und wir gingen los. »Als ich das sah, ging ich in ihr Büro, in der Annahme, dass sich der Spezial Agent dort befindet und auf sie wartet. Aber das einzige was ich dort von ihr vorfand, war ihr Smartphone auf dem Schreibtisch.«

Tatsächlich lag dort Sams Telefon.

Wahrscheinlich hatte sie es dort hingelegt, als Kinkade so freundlich nach ihr rief und hatte es dann nach dem ganzen Ärger vergessen.

»Verdammte Scheiße!«, fluchte ich lautstark, was meinen Kollegen zusammenzucken ließ.

»Was ist denn überhaupt los?«, hakte Larkin neugierig nach.

»Ist Furgison im Department?«

»Keine Ahnung. Vor etwa einer Stunde hat er den Agent das Gebäude verlassen sehen und meinte, er müsse ihr kurz nach und sie etwas zu dem Fall fragen. Seitdem habe ich keinen von den Beiden mehr gesehen.«

Larkin bedachte mich mit einem fragenden Blick und mir wurde klar, dass ich ihn und alle anderen nun aufklären musste.

»Kommen sie mit.«

Mit schnellen Schritten ging ich zum Büro meines Vaters und marschierte hinein, ohne vorher zu klopfen.

»Was zur Hölle...«

»Nicht jetzt!«, unterbrach ich ihn. »Wenn die Sache vorbei ist, kannst du mich noch mehr hassen, mich feuern oder was dir sonst noch so in den Sinn kommt, aber jetzt musst du mir zuhören und bitte tun was ich sage!«

»Sprich«, entgegnete er emotionslos.

Doch seine Augen verrieten mir die Wut, welche gerade in ihm hochkochte.

Er kannte mich jedoch gut genug, um zu wissen, dass ich mich ihm gegenüber, nicht wegen einer Lappalie so verhalten würde und ließ mich für den Moment gewähren.

Ich klärte ihn und Larkin über alles auf.

Auch den DNA-Test, den John in unserem Auftrag ausführte, erwähnte ich und dass wir, bevor wir Furgison unter Umständen fälschlich beschuldigen würden, diesen erstmal abwarten wollten.

»Aber alle Indizien deuten auf ihn und kurz nachdem Sam nach draußen ging, hat auch er das Gebäude verlassen. Seitdem sind beide verschwunden.«

»Hast du sein Telefon bereits orten lassen?«

»Ohne sein Einverständnis oder deine Anordnung?«, stellte ich eine Gegenfrage.

»Deputy Larkin, orten sie Furgisons Smartphone und geben sie uns sofort Bescheid! Und kein Wort zu den anderen! Diese Sache bleibt vorerst unter uns!«

»Ja Sir!«, erwiderte dieser und verließ im Eiltempo das Büro.

Anschließend griff Kinkade zu seinem Telefon, drückte eine der Kurzwahltasten und schaltete den Lautsprecher ein.

»Pathologie?«, meldete sich John.

»Doktor Levitt, haben sie bereits ein Ergebnis bei der DNA-Probe?«

»Ähm, Sheriff?«, hakte John verunsichert nach.

»John, hier ist Brian. Sie können alles sagen, Sam wurde entführt.«

»Oh Gott, das ist ja schrecklich!«, entfuhr es dem Doktor. »Also ich habe den Abgleich gemacht. Das Ergebnis ist eindeutig und würde auch vor Gericht standhalten.«

»Kommen sie zur Sache Levitt, wir haben nicht den ganzen Tag Zeit!«, unterbrach ihn Kinkade unfreundlich.

»Die Proben stimmen überein. Derjenige von dem der Abstrich auf Agent Blakes Handrücken stammt, ist der der die Überfälle in Silver Bay verübt hat und somit aller Wahrscheinlichkeit nach auch unser Killer.«

»Danke Doktor Levitt.«, beendete mein Vater das Gespräch und legte auf.

»Also, habe ich deine volle Unterstützung?«, hakte ich nach.

»Ja, die hast du!«

Larkin kam wieder herein und an seiner Mimik las ich sofort ab, dass er das Smartphone nicht orten konnte.

»Tut mir leid, Furgison muss es ausgeschalten haben«, bestätigte er leider meine Vermutung.

»Ich muss in mein Büro. Jetzt gibt es nur noch eine Möglichkeit Sam zu finden.«

»Und welche?«, hakte Kinkade nach.

»Komm mit, ich zeige es dir.«

Gemeinsam gingen wir in mein Büro und ich befestigte sofort die Karte an meiner großen Pinnwand.

Anschließend sammelte ich die Fotos vom Boden auf und machte sie rings um den Plan fest.

»Also, Sam hat bei dem letzten Opfer gesehen, dass der Arm seltsam zur Seite ausgestreckt war und hat sich dann die Bilder der anderen Leichen am Fundort angesehen. Auch bei ihnen ist es so, wie du sehen kannst.« Ich zeigte auf die ausgestreckten Arme auf den einzelnen Fotos. »Nun müssen wir die Fundorte in der Karte einzeichnen und anhand des Zeitstempels und der Schatten, herausfinden, in welche Himmelsrichtung jeweils gezeigt wird.«

»Und was erreichen wir damit?«, hakte Robert interessiert nach.

»Sam hoffte darauf, dass alle auf denselben Punkt zeigen. Auf das Versteck des Killers.«

»Das ist aber sehr weit hergeholt. Warum sollte er uns absichtlich Hinweise darauf geben, wo er sich befindet?«

»Nun, das ist Sams Spezialgebiet. Die Psychologie eines Serienkillers funktioniert anders als unsere«, erklärte ich, während ich auf der Karte bereits die Fundstellen mit einem großen roten Punkt markierte. »Sie hinterlassen häufig auf die ein oder andere Weise einen Hinweis. Entweder auf ihre Beweggründe, ihre Identität oder eben auf ihren Standort.«

Kinkade sah mich erstaunt an.

»Woher weißt du das alles?«

»Ich höre Sam zu, wenn sie mir etwas erzählt!«

Er strich sich sichtlich unbehaglich über den Nacken und konzentrierte sich dann auf die Bilder.

»Also gut, dann finden wir mal heraus, wo sich der Spezial Agent befindet.«

Gemeinsam betrachteten wir Foto für Foto, bestimmten die Himmelsrichtung und verzeichneten sie mit einem Pfeil am jeweiligen Punkt.

Mir war zuvor bereits aufgefallen, dass die Opfer fast kreisförmig angeordnet waren.

Doch nun, mit den Pfeilen, ergab das Ganze ein eindeutiges Bild.

Die Arme der Frauen zeigte alle zum Mittelpunkt des Kreises.

Sam hatte recht!

Mein Vater stürmte zur Tür und riss sie auf.

»Carson!«, rief er laut. »Beweg deinen Arsch hier her!«

Fast schon gelangweilt, schlenderte dieser wenig später in mein Büro.

»Was gibt es Chef.«

»Du kennst dich doch in diesem Wald aus, wie in deiner Westentasche, richtig?«, fragte ihn mein Vater.

»Richtig.«

»Dann sag mir bitte, was sich genau hier befindet.« Mit dem Zeigefinger tippte er auf die Mitte des Kreises.

Carson zuckte mit den Schultern.

»Eigentlich nichts, nur eine alte Jagdhütte, die mal den Furgisons gehört hatte.«

Robert und ich sahen uns mit großen Augen an.

Bingo!

»Du schnappst dir jetzt deinen Partner und führst uns dort hin. Spezial Agent Blake wird dort höchst wahrscheinlich von unserem Killer gefangen gehalten.«

»Warum hält er sie ausgerechnet dort gefangen?«

»Stell keine blöden Fragen, sondern beweg deinen lahmen Arsch! Ich erklär dir alles auf der Fahrt dort hin«, schnauzte Kinkade Carson an, der sich anschlie-ßend sofort in Bewegung setzte.

Etwa eine Stunde später hielten wir in der Nähe der Hütte.

Nur noch ein breiter, etwa fünfhundert Meter langer Waldweg, auf dem vor kurzem eindeutig ein Auto ent-langgefahren war, trennte mich noch von Sam und dem Dreckskerl Furgison.

Das letzte Stück wollten wir laufen, um unsere An-wesenheit nicht zu verraten.

SAMANTHA

Ich hätte es mir denken müssen, dass dieser ver-dammte Mistkerl von seinem üblichen Zeitplan ab-weicht!

Er wusste ja, dass ich darüber Kenntnis hatte.

Wie konnte ich nur so bescheuert sein!?

Jetzt hatte ich mein Telefon nicht dabei und Brian musste allein herausfinden, wo der Ort war, auf den die Opfer zeigten.

Wenn meine Theorie überhaupt stimmte.

Sollte dies nicht der Fall sein, war ich verloren!

Furgison kam auf mich zugelaufen und unterbrach damit meine trüben Gedanken.

Der Blick mit dem er mich dabei bedachte, ließ eine Gänsehaut meinen Rücken hinabrieseln.

Wie ein Raubtier, dass sich an seine Beute heranpirschte.

Die Handschellen, mit denen ich mithilfe eines Seils, an einem Balken der Deckenkonstruktion gefesselt war, schnitten schmerzhaft in meine Handgelenke und die Tatsache, dass ich bis auf meinen Slip nackt war, ließ mich tatsächlich wie eine Beute aussehen.

Wie ein Opfer.

Aber das war ich nicht!

Ich war nicht, wie seine bisherigen Opfer, wehrlos, überfordert, ängstlich.

Er konnte lange warten, wenn er sich von mir erhoffte, dass ich winsele oder flehe!

Langsam, ohne ein Wort zu sagen, ging er um mich herum, betrachtete jeden Zentimeter meines Körpers und strich dabei mit seinen Fingerspitzen über meine Haut.

Als er schließlich vor mir zum stehen kam, blickte er mir intensiv in die Augen.

»Makellose Haut«, hauchte er.

»Ist es das, was du begehrst? Frauen mit schöner Haut?«

»Makellos!«, korrigierte er mich.

»Und du zerstörst diese Makellosigkeit, weil du es ihnen missgönnst?«

Er schüttelte bedächtig den Kopf.

»Ich wuchs mit meiner Mutter und meiner Tante auf, mein Vater ist kurz nach meiner Geburt besoffen gegen einen Baum gerast und gestorben«, begann er zu erzählen. »Meine Tante hielt mich schon immer für missraten und jedes Mal, wenn ich in ihren Augen wieder etwas böses getan hatte, bestrafte sie mich.« Er griff sich an den Bund seines Pullovers und zog ihn aus. Vom Hals abwärts, war sein Körper übersät mit Narben von Schnittverletzungen. Und ich war mir sicher, dass seine Beine nicht anders aussahen. »Das war ihre Bestrafung, wenn ich ihrer Meinung nach, etwas Falsches tat.«

»Und die Frauen, die du entführst, folterst und anschließend tötest, stehen stellvertretend für deine Tante?«, quatschte ich ihm dazwischen.

»Nein! Meine Mutter sagte immer zu mir, dass es eine einzige Frau gibt, die mich trotz der vielen Narben lieben wird. Und ich bin der Ansicht, dass sie das nur kann, wenn sie wie ich aussieht.«

»Viele Eltern sagen zu ihren Kindern ›irgendwann kommt die richtige Person für dich, die dich liebt, wie du bist‹. Aber sie würden niemals auf die Idee kommen, jemanden zu entführen, zu verletzen und dann auch noch umzubringen!«

»Das ist etwas anderes!«, entgegnete er sauer.

»Ja stimmt«, gab ich ihm recht. »Du bist krank, das ist der Unterschied! Du hast wahrscheinlich bereits vor den Misshandlungen deiner Tante Auffälligkeiten gezeigt. Hast keine Regeln akzeptiert, Tiere gequält und ...«

»Ich bin nicht krank!«, brüllte er und packte mich am Hals. »Meine Mutter wusste, von wem sie sprach! Sie bekam noch ein zweites Kind, ein Mädchen. Als ich acht Jahre alt war. Doch sie wurde von ihrem Vater entführt. Sie war blond, hatte wunderschöne blaue Augen und mit ihrer zarten, makellosen Haut, wirkte sie wie ein Engel.«

»Du suchst nach deiner Halbschwester?«, hakte ich nach und er nickte, während er wieder meinen Hals losließ.

Dass er seine Schwester suchte, konnte ich verstehen. Das würden wohl die meisten machen.

Die Methode dabei, sprach jedoch eindeutig für die psychische Erkrankung, die ich von Anfang an bei ihm vermutete.

»Ich muss sie finden, sie ist die Einzige, die mir noch geblieben ist.«

»Das kann ich verstehen. Aber sie könnte mittlerweile überall auf der Erden sein.«

»Nein!«, widersprach er mir entschieden. »Meine Mutter sagte, sie würde irgendwann den Weg zu mir zurück finden, auch wenn sie nichts von mir wissen sollte.«

»Du meinst, das Schicksal würde sie dir wiederbringen?«

So langsam ergab alles einen Sinn.

Seine Schwester war blond und hatte blaue Augen, genau wie seine Opfer. Außerdem hat er mit der Suche nach ihr angefangen, als seine Mutter vor etwa vier Jahren starb.

Wie er jedoch letztlich darüber entschied, dass sie doch nicht seine Schwester waren, war mir noch nicht klar.

»Wenn du es so nennen magst? Alle Frauen aus Silver Bay die ich entführte, wurden in Grand Marais geboren. Und die Frauen hier, wurden in dieser Stadt geboren, sind jedoch woanders aufgewachsen, so wie du.«

»Woher weißt du das?«, fragte ich erstaunt, da ich nur Brian davon erzählt hatte.

»Nicht nur du kannst unauffällig Erkundigungen über jemanden einholen«, klärte er mich grinsend auf. »Und deine Geschichte ist besonders interessant, da du nicht weißt, wer deine echten Eltern sind, angeblich zum Sterben in einen Straßengraben gelegt wurdest.«

»Angeblich?«

»Ja. Welchen Beweis gibt es denn dafür?«

»Ich wurde von einem Mann gefunden, der mit seinem Hund spazieren ging.«

»Der anonym bleiben und nicht den Helden spielen wollte? In einer Kleinstadt, wo nie etwas Aufregendes passiert?«

»Ich wurde im Department untersucht, ob ich irgendwelche Schäden davongetragen hatte«, konterte ich.

»Von Doktor John Levitt. Demjenigen, der damals mit dir in das Department kam und behauptete, ein Spaziergänger hätte dich ihm in den Arm gedrückt. Hast du dich denn nie genauer über die Umstände informiert?«

»Ich hatte keinen Grund, das alles anzuzweifeln und du hast mir bis jetzt auch noch keinen geliefert!«

So langsam ging er mir echt auf die Nerven.

Aber je länger ich mit ihm redete, desto mehr Zeit blieb Brian, um mich zu finden.

Doch Furgisons nächste Worte brachten mich komplett aus dem Konzept.

»Nun, dann will ich dir mal einen Grund zum zweifeln geben«, begann er und grinste breit, als ob dieses Gespräch mit mir, für ihn die reinste Freude wäre.

»Doktor John Levitt, ist der Vater meiner Halbschwester.«

18

Schwesterherz

FURGISON

Sie sah mich völlig entsetzt an.

Jetzt hatte sie wohl eine Information von mir erhalten, die sie zum Zweifeln brachte.

»Dann müsste er mittlerweile nicht nur wissen, das wir Geschwister sind, sondern auch deine Identität kennen, denn er hat unsere DNA untersucht.«

Sie war also tatsächlich so schlau wie ich vermutete und hatte einen Abstrich ihres Handrückens nehmen lassen.

Ob sie auch so gut war und die Hinweise mit den Armen der Leichen entdeckt hatte?

Mit Sicherheit.

»Kluges Mädchen. Hast du auch die Hinweise bei den Leichen entdeckt?«

»Was für Hinweise meinst du?«, fragte sie, als hätte sie keine Ahnung.

»Du musst nicht so tun, als ob du von nichts wüsstest, damit ich mich nicht auf Brians Ankunft vorbereiten kann. Ich habe mitbekommen, wie ihr in unserem Archiv gestöbert habt und als Kollege von Brian, war es für mich auch ein Leichtes herauszufinden, dass ihr im Stadtarchiv die Karte angefordert hattet.«

Sie schluckte trocken und wirkte verzweifelt.

Damit hatte sie wohl nicht gerechnet.

»Wenn du das alles so gut weißt, sind wir wahrscheinlich auch nicht an dem Ort, den Brian auf der Karte finden wird, oder?«

»Nein, er rennt gerade direkt in meine Falle!«

»Eine Falle?«, hakte sie entsetzt nach.

»Ja, eine die er garantiert nicht überleben wird!«

Wütend, riss sie an ihren Fesseln und versuchte nach mir zu treten.

»Du verdammtes Mistschwein!«, brüllte sie. »Hast du von Anfang an gesteuert, was wir entdecken?«

»Nein«, antwortete ich ehrlich und strich ihr mit den Fingerspitzen meiner ganzen Hand vom Hals hinab, bis zum Bund ihres Höschens. »Erst kurz nachdem ich euch sagte, wo ihr Diana findet, erhielt ich die Informationen über deine Vergangenheit.« Ich holte das Messer aus meiner Hosentasche, setzte es unterhalb ihrer Rippen an und sah ihr tief in die Augen.

Augen, die mich so sehr an die meiner Mutter erinnerten.

»Du musst das nicht tun!«, versuchte sie mich davon abzubringen.

»Doch, ich muss. Nur wenn du wie ich bist, kannst du mich verstehen und lieben!«

Ich zog das Messer über ihre makellose Haut und das erste Blut lief hinab.

19

Tödliche Falle

BRAIN

Schnell aber leise, näherten wir uns der alten Hütte.

Mein Vater hatte mir das Kommando überlassen und ich gab Carson, sowie seinem Partner per Handzeichen den Befehl auf die Rückseite des Gebäudes zu gehen, während Kinkade, Deputy Larkin und ich zur Vorderseite liefen.

Vorsichtig warf ich einen kurzen Blick durch eines der Fenster neben der Eingangstür.

Keiner zu sehen.

Ich drückte die Klinke nach unten und begann die Tür vorsichtig zu öffnen, als mir Larkin auf die Schulter fasste, weswegen ich innehielt.

Er zeigte auf einen Draht, der mit der Tür verbunden und durch das Öffnen nun stark gespannt war.

Eine Sprengfalle, wie es aussah.

Verdammte Scheiße, wäre Larkin nicht gewesen, wären wir jetzt alle Hackfleisch!

Doch warum versah Furgison das Haus mit Sprengstoff, wenn er sich selbst darin befand?

Das machte überhaupt keinen Sinn!

Noch bevor ich meine Gedankengänge ordnen und die richtigen Schlüsse ziehen konnte, weil sich alles in nur wenigen Sekunden abspielte, sah ich durch den Türschlitz, wie die Hintertür geöffnet wurde.

Das leise Klicken, welches durch das Herausziehen des Drahtes aus der Sprengfalle erklang, ging mir durch Mark und Bein!

»LAUFT!«, war alles, was ich noch schreien konnte, da wurde ich bereits von meinem Vater von der Tür weggerissen und gemeinsam mit Larkin, begannen wir vom Haus wegzurennen.

Wir waren noch nicht weit gekommen, als wir von der Explosion zu Boden gerissen wurden.

Absolute Stille umgab mich.

War ich tot?

Ich sah Sam im Wald an einen Baum gelehnt.

Ihr ganzer Körper war, übersät mit blutverkrusteten Schnitten.

Ausdruckslose Augen starrten mich an.

Nein!

Ich sank auf die Knie und eine einzelne Träne rann über meine Wange.

Ich hatte versagt!

Ein greller Pfeifton ließ alles vor mir verschwimmen.

Dunkelheit umfing mich, als ich von weit weg eine Stimme vernahm.

»Brian! Komm zu dir!«

Langsam öffnete ich meine Augen.

Mein Vater kniete über mich gebeugt neben mir und schüttelte mich.

»Ich habe versagt! Sie ist tot!«, brachte ich mühsam hervor. »Ich habe sie im Wald gesehen.«

»Junge, du warst bewusstlos. Das hast du nur geträumt.«

Bewusstlos?

Mit einem Mal fiel mir wieder ein, was geschehen war und setzte mich ruckartig auf.

»Was ist mit den anderen?«, fragte ich sofort und blickte mich um. »Ist ihnen etwas passiert?«

Die Hütte war nur noch ein rauchender Haufen Brennholz und etliche große und kleine Trümmerteile waren in einem Umkreis von etwa vier Metern verteilt.

Sollten Furgison und Sam tatsächlich in dieser Hütte gewesen sein, waren sie jetzt nicht mehr am Leben.

Doch ich weigerte mich, das zu glauben!

»Carson und Peters haben es nicht geschafft«, informierte mich mein Vater und riss mich aus meinen Gedanken. »Larkin ist zum Streifenwagen gegangen, um über Funk Hilfe anzufordern.«

»Verdammter Mist! Furgison dieser verfluchte Mistkerl!«, fluchte ich lautstark, während ich mich mühevoll und unter Schmerzen auf die Beine begab.

»Ich denke nicht, dass er zusammen mit dem Agent da drin war, Brian.«

»Nein, das glaube ich auch nicht. Er hat uns eiskalt in eine Falle laufen lassen, was zwei unserer besten Deputys das Leben gekostet hat!«, schimpfte ich weiter. »Und jetzt habe ich keinen blassen Schimmer, wo er Sam hingebracht hat!« Ich raufte mir die Haare und ging ein paar Schritte in Richtung der Hütte. »Wie soll ich sie jetzt nur finden?«

»Dir wird schon noch etwas einfallen«, meinte mein Vater und legte seine Hand auf meine Schulter. »Wir wissen nun, wer er ist und vielleicht finden wir etwas in seiner Vergangenheit, was uns verrät, wo er sich versteckt«, versuchte er mich wieder aufzubauen. »Wenn doch nur seine Mutter noch am Leben wäre. Sie könnte uns vielleicht weiterhelfen«, murmelte er.

Ich riss die Augen auf, drehte mich zu ihm um und packte ihn an den Schultern.

»Du bist genial!«, rief ich aus und ernte von ihm einen skeptischen Blick. »Seine Mutter, wo hat sie gelebt? Hatte sie ein eigenes Haus?«

Nun wurden auch seine Augen groß.

»Natürlich! Ja, wenn du die Sieben Richtung Sägewerk fährst, musst du nach den Birchwood Apartments, die neunte Einfahrt nach rechts nehmen. Ganz am Ende steht ihr Haus«, erklärte er, als würde er diese Strecke jeden Tag fahren. Ich sah ihn etwas erstaunt an, was ihn wohl dazu brachte, sich zu erklären. »Bis in sein Teenageralter hat Furgison regelmäßig bei uns angerufen und gemeint, seine Tante sei durch zu viel Alkohol bewusstlos und bräuchte Hilfe und da wir auf jeden Notruf reagieren müssen, bin ich dort mindestens ein Mal in der Woche hingefahren.«

»Ok, versuchen wir unser Glück. Komm, wir fahren direkt hin.«

»Brian, das ist zu riskant. Er ist gut ausgebildet und ich ein alter Mann.«

»Dann gib mir zwei oder drei deiner Deputys mit.«

»Das geht nicht. Solange nicht sicher ist, dass Furgison noch lebt, muss ich all meine Leute hier einsetzen.«

»Willst du mich verarschen?!«, schrie ich ihn an. »Wenn ihr hier fertig seid, ist Sam bereits tot! Er hat bisher keine Frau länger als zwölf Stunden am Leben gelassen und sie ist bereits seit etwa fünf Stunden in seiner Gewalt! Bis hier alles durchsucht wurde, vergehen noch mindestens acht Stunden, wenn nicht sogar mehr, da die Dämmerung bald einsetzt. Rechne selbst!«

»Tut mir leid mein Junge, aber...«

»Nenn mich nicht so! Ich war für dich nie dein Junge, *Vater*!«, spie ich ihm wutentbrannt entgegen. »Als wir gemeinsam diese Hütte fanden und du mir die

Führung überlassen hast, dachte ich, wir würden uns einander nähern, weil du erkannt hast, dass ich kein Nichtsnutz bin. Aber ich habe mich in dir getäuscht, du wirst dich niemals ändern!« Ich drehte mich von ihm weg und marschierte den Waldweg entlang, Richtung Auto. »Ich jedenfalls, werde nicht zulassen, dass Sam getötet wird!«

»Du wirst jetzt nicht zu diesem Haus fahren Brian! Das ist ein Befehl!«

»Du kannst mich mal!«, brüllte ich ihm zu und lief stur zu meinem Wagen.

Langsam näherte ich mich Furgisons Elternhaus.

Wie zuvor bei der Hütte im Wald, hatte ich mit etwa fünfhundert Meter Abstand geparkt und ging den Rest des Weges.

Durch die Fenster schien kein Licht.

Hatte ich mich geirrt und sie waren wo ganz anders?

Ich schlich zur Rückseite des Hauses und entdeckte einen schwachen Lichtschein durch eines der Kellerfenster.

Als ich hindurchsah, entdeckte ich tatsächlich Furgison, der ein blutiges Messer in der Hand hielt und es betrachtete, während er es hin und her drehte.

Dann blickte er geradeaus und konzentrierte sich auf etwas oder jemanden, der für mich hinter einem Pfeiler verborgen lag.

Das konnte eigentlich nur Sam sein.

Wut kroch mir durch die Adern und ließ meinen Puls in die Höhe schnellen.

Doch ich musste mich beherrschen, auch wenn ich den Gedanken daran, dass Sam noch mehr zu leiden hatte, kaum ertragen konnte und am liebsten sofort hineingestürmt wäre.

Ich musste mit Bedacht vorgehen.

Wer wusste schon, ob er nicht noch mehr Fallen installiert hatte.

So leise wie möglich entfernte ich mich wieder von dem Fenster und ging zur Hintertür, um zu überprüfen, ob diese vielleicht unverschlossen war.

Leider hatte ich kein Glück.

Furgison war auch zu schlau, um die Türen unverschlossen zu lassen, weswegen ich es vorne gar nicht erst versuchte.

Stattdessen holte ich meinen Dietrich aus der Hosentasche, den ich eigentlich für die alte Hütte vorgesehen hatte und machte mich daran, das Schloss zu knacken.

Nur wenige Augenblicke später, hatte ich es offen und konnte hinein.

Nun musste ich nur noch die Tür zum Keller finden.

SAMANTHA

Dieses miese Dreckschwein hatte mir bereits mehrere Schnitte verpasst.

Sie waren nicht tief, aber brannten wie die Hölle.

Mittlerweile hatte ich keine Hoffnung mehr, gefunden zu werden.

Ebenso hegte ich keinerlei Zweifel daran, dass Furgison tatsächlich eine tödliche Falle in der Hütte im Wald installiert hatte und ich war der Verzweiflung nahe, bei dem Gedanken daran, dass Brian vielleicht bereits tot war.

Doch ich würde den Teufel tun, ihm das zu zeigen!

Gerade stand er vor mir und betrachtete das blutige Messer in seiner Hand, während er es hin und her drehte.

»Wie lange hast du noch vor das dämliche Messer anzusehen? Ich habe keine Lust, ewig hier rumzuhängen!«, giftete ich ihn an und seine Augen fixierten mich augenblicklich.

Er machte einen Schritt nach vorne, wodurch er nur noch wenige Zentimeter von mir entfernt stand und grinste mich an.

»Gefällt dir etwa, was ich mit dir mache?«

»Nein, aber ich will es hinter mich bringen! Davon abhalten kann ich dich ja nicht.«

Ich war ausgebildeter Spezial Agent beim FBI, Kampfsportlerin, hatte ein fotographisches Gedächtnis und einen überdurchschnittlich hohen IQ.

Und was brachte mir das in dieser Situation?

Nichts!

Er war selber zu schlau, als dass ich ihn hätte überlisten können und ein Angriff würde ebenfalls nichts bringen, da ich dann nach wie vor hier hing.

Meine einzige Chance bestand darin, zu warten und durchzuhalten, bis er mich losmachen und zur Wanne bringen würde, um mich zu ertränken.

Nur in diesem einen Moment hatte ich die Gelegenheit, mich aus eigener Kraft zu befreien.

Nach wie vor grinsend, machte er sich abermals dazu bereit, mich zu schneiden.

Doch dann glitt sein Blick an mir vorbei und seine Mimik veränderte sich zu einer wutverzerrten Fratze.

Bevor ich auch nur ansatzweise realisieren konnte, was da gerade vor sich ging, drehte er mich mit dem Rücken zu sich und hielt das Messer an meine Kehle.

Nun sah ich, was ihn so aus der Fassung brachte.

Brian!

Langsam, mit gezogener Waffe, kam er auf uns zu.

Er war hochkonzentriert.

»Das ist nah genug!«, rief Furgison aus und Brian blieb etwa drei Meter von uns entfernt stehen. »Noch einen Schritt weiter und ich schlitz ihr die Kehle auf!«

»Wenn du sie umbringst, bist du auch tot, Rick. Dann werde ich keine Gnade zeigen!«

»Was erwartest du jetzt von mir? Soll ich mich deiner Meinung nach einfach ergeben? Jetzt, wo ich gefunden habe, was ich all die Jahre gesucht habe?« Nach Furgisons Worten huschte Brians Blick zu mir. »Ja, richtig. Sie ist es, die ich gesucht hatte. Meine Schwester!«, ließ er die Bombe platzen und Brians Gesichtszüge entgleisten für einen kurzen Moment. »Jetzt legst du die Waffe auf den Boden und schiebst sie zu mir rüber.«

»Nein!«, widersprach Brian und Furgison drückte das Messer knurrend ein wenig stärker gegen meinen Hals. »Ich würde sagen, wir haben eine Pattsituation. Keiner von uns beiden möchte Sam verlieren.«

Furgison atmete tief durch die Nase ein.

Er schien über Brians Worte nachzudenken.

»Und was schlägst du vor?«

»Du nimmst das Messer von ihrem Hals und verschwindest.« Brian sah zu mir.

Sein Gesichtsausdruck spiegelte Bedauern wider.

Er wusste, dass mir dieser Vorschlag nicht gefallen würde und sich jede einzelne Faser meines Körpers dagegen sträubte Furgison ziehen zu lassen.

Aber in dieser Situation hatten wir keine andere Wahl.

Das war auch mir bewusst.

»Dir ist klar, dass ich sie mir wieder holen werde, oder?«

»Und dir ist hoffentlich bewusst, dass ich alles in meiner Macht stehende dafür tun werde, um dies zu verhindern!«

»Und du wirst mir nicht folgen?«

»Nicht in den nächsten Stunden.«

Endlos scheinende Sekunden verstrichen und ich dachte schon, er würde sich nicht darauf einlassen, als plötzlich ein Ruck durch ihn ging und er das Seil durchtrennte, an dem er mich mit den Handschellen gefesselt hatte.

Fast hätte ich laut aufgeschrien, als meine Arme nach unten sackten, doch ich biss mir auf die Lippen.

Mit festem Griff um meine Oberarme schob er mich vor sich her.

Als letztendlich wir mit dem Rücken zu der Treppe nach oben standen und somit den Platz mit Brian getauscht hatten, stieß er mich von sich weg und rannte die Stufen hinauf in Richtung Freiheit.

Stolpernd fiel ich in Brians Arme, die mich sanft umfingen.

»Sam«, flüsterte er und gab mir einen Kuss auf den Scheitel.

Mit einem Mal fiel sämtliche Anspannung und Angst der letzten Stunden von mir ab.

Meine mühsam errichtete Schutzmauer, um diese Situation zu überstehen, brach in sich zusammen.

Mein ganzer Körper begann zu zittern und ich weinte, wie ich zuletzt als Kind geweint hatte.

All die Stärke, die ich für meinen Beruf benötigte, war in diesem Moment bedeutungslos.

Ich war einfach nur eine Frau, die gerade Halt und Geborgenheit brauchte.

Nachdem ich mich wieder beruhigt hatte, befreite mich Brian von den Handschellen und gab mir meine Kleidung, die auf einem Stuhl lag.

Gemeinsam verließen wir das Haus und stiegen in seinen Wagen.

»Ich fahre dich jetzt in ein Krankenhaus«, bestimmte er und startete den Motor.

»Nein, kein Krankenhaus!«, widersprach ich und sah ihn bittend an.

»Sam, deine Wunden müssen untersucht und behandelt werden.«

»Das kann ich auch selbst.«

Er seufzte und drehte sich zu mir.

»Dann bringe ich dich zu John. Er wird froh sein, zu erfahren, dass es dir gut geht.«

»Das glaube ich kaum!«

Wenn Doktor Levitt wirklich mein Vater war, wie Furgison behauptete, dann musste ich ihm doch scheißegal sein, oder?

Er hat mich zwar aus dieser Familie geholt, bei der, wer weiß was, aus mir geworden wäre, aber er hat mich dann einfach weggegeben.

Ich hatte keine Ahnung, ob ich momentan für diese Konfrontation bereit war.

»Was meinst du?«, hakte Brian natürlich nach.

»Levitt hatte angeblich damals eine Affäre mit Furgisons Mutter«, tastete ich mich vor und beobachtete dabei seine Reaktion.

Doch er schien nicht überrascht.

»Das weiß so ziemlich jeder.«

Ich riss meine Augen auf und starrte ihn einen Augenblick lang, mit offenem Mund an.

»Ach und das sie schwanger war, ist keinem aufgefallen?«

»Schwanger? Nein, man hat sie längere Zeit nicht mehr gesehen und ihre Schwester meinte, sie sei krank.«

Das brachte mich zum Lachen.

»Krank? Ja, wenn man Furgison glauben kann, war sie mit mir krank!«, meinte ich bitter.

Brian sah mich entsetzt an.

»Willst du mir damit sagen, dass sie mit dir schwanger war und John dein Vater ist?«, kombinierte er mal wieder richtig.

»Wenn Furgison die Wahrheit sagte, dann ja.«

»Sollte das wirklich stimmen, hatte John mit Sicherheit gute Gründe so zu handeln, wie er es tat«, verteidigte er ihn.

»Fein, wenn du so davon überzeugt bist, dann fahren wir jetzt zu ihm und finden heraus, was damals passiert ist.«

Mein Magen rebellierte, als wir vor der Schwingtür zur Pathologie standen.

Einerseits hoffte ich, dass Furgison nur Schwachsinn erzählt hatte.

Andererseits wäre damit endlich Licht in die Schwärze meiner Vergangenheit gelangt.

Als wir eintraten, stand er an einem Tisch mit dem Rücken zu uns und schien mit Reagenzgläsern zu hantieren.

»Hallo John«, grüßte Brian ihn.

»Brian! Ich habe gleich Zeit für dich«, meinte er, ohne sich umzudrehen. »Hast du den Spezial Agent finden können?«

»Ja, das hat er«, antwortete ich an Brians Stelle und der Doktor ließ vor Schreck eines der Glasröhrchen fallen, als er meine Stimme vernahm und drehte sich ruckartig um.

»Oh, sie sind auch da! Wie...wie geht es ihnen?«

Er wirkte eindeutig nervös.

»Sagen sie es mir Doktor«, erwiderte ich und zog mein Shirt nach oben. »Müssen die Schnitte, die mir mein Bruder zufügte, desinfiziert werden?«

Ich hörte Brian neben mir scharf einatmen und Doktor Levitt sackte förmlich in sich zusammen.

»Er hat es dir also erzählt.«

Mehr Worte brauchte es von ihm nicht, um zu wissen, dass das was Furgison gesagt hatte, stimmte.

Mir wurde schwindelig, kalter Schweiß bildete sich auf meiner Stirn und ich hörte das Blut in meinen Ohren rauschen.

»Warum?«, war alles, was ich in diesem Moment herausbekam.

»Ich wünschte mir ein besseres Leben für dich, als mit dieser Familie aufzuwachsen.« Er trat an mich heran, wollte mich am Arm berühren, doch ich ging instinktiv einen Schritt zurück. »Als ich die Beziehung mit Ricks Mutter begann, wusste ich noch nicht, was dort hinter verschlossenen Türen vor sich ging.« Levitt senkte den Kopf und spielte nervös mit seinen Fingern. »Kurz nachdem ich die Beziehung wieder beendet hatte, erfuhr ich davon dass sie von mir schwanger war und fasste den Entschluss, dich da raus zu holen.«

»Und warum haben sie mich nicht behalten? Warum haben sie nicht der Polizei erzählt, was dort vor sich geht? Damit hätten sie vielleicht auch Furgison helfen können oder zumindest verhindern können, dass Menschen verletzt und getötet werden!«, fragte ich fassungslos.

»Diese Fragen stelle ich mir seit sechsundzwanzig Jahren jeden Tag!«, entgegnete er und sah mir in die Augen, während eine Träne seine Wange herab kullerte. »Vielleicht kannst du mir das alles eines Tages verzeihen, auch wenn ich es niemals kann.«

Ich schüttelte den Kopf und ging rückwärts zur Tür.

»Nein, sie haben zu viel Leid durch ihr Handeln verursacht!«

Nach diesen Worten drehte ich mich um und rannte aus der Pathologie.

Ich wollte einfach nur noch weg von hier.

Erst als ich bei Brians Auto ankam, hielt ich an.

20

Abschied

BRAIN

Nachdem Sam aus der Pathologie gestürmt war, fixierte ich John wütend mit meinem Blick.

»Glaub mir Brian, wenn ich könnte, würde ich das alles wieder rückgängig machen!«

»Das kannst du aber nicht! Und du wirst sie in Ruhe lassen, verstanden? Sie hat die letzten Stunden genug mitmachen müssen!«

Er nickte traurig und drehte sich von mir weg, um weiter seiner Arbeit nachzugehen.

Im Schnellschritt folgte ich nun Sam und fand sie schließlich bei meinem Wagen.

Ich stellte mich vor sie und umfasste mit beiden Händen ihr Gesicht.

»Brauchst du Ruhe? Soll ich dich in dein Hotel fahren?«

Sie schüttelte kaum merklich den Kopf.

»Nein, wenn du nichts dagegen hast, möchte ich mit zu dir.« Tränen sammelten sich in ihren Augen und sie senkte den Blick. »Ich will im Moment nicht alleine sein.«

»Hey.«, sagte ich und sie sah mich wieder an. »Du kannst so lange bei mir bleiben, wie du willst.«

Ich gab ihr einen Kuss auf die Stirn und öffnete für sie die Beifahrertür.

Als wir bei mir ankamen, ging sie zuerst unter die Dusche, während ich uns eine Kleinigkeit zum Essen herrichtete.

Doch als ich damit fertig war, lief nach wie vor das Wasser und ich ging ins Badezimmer um nach Sam zu sehen.

Sie saß zusammengekauert in der Nasszelle und weinte, das Wasser prasselte neben ihr ungenutzt auf die Fliesen.

Ohne ein Wort zu sagen, zog ich mich aus und ging zu ihr, half ihr auf die Beine.

Dann nahm ich meinen weichen Schwamm, gab etwas Duschgel darauf und machte sie vorsichtig sauber.

Immer wieder zog sie zischend Luft zwischen den Zähnen ein, wenn ich über einen ihrer Schnitte fuhr.

Zum Glück wurde sie nicht so zugerichtet, wie Furgisons vorherige Opfer.

Doch jede einzelne Wunde war eine zu viel und erinnerte mich daran, dass ich nicht früh genug da war, um sie zu retten.

Nachdem wir eine Kleinigkeit gegessen hatten, brachte ich sie ins Schlafzimmer.

Völlig erledigt, legte sie sich in mein Bett und sah mich an.

»Kannst du bitte bei mir bleiben?«

»Natürlich«, entgegnete ich und legte mich hinter sie, nahm sie fest in meine Arme.

»Als ich in seiner Gewalt war, hat er mir von der Falle in der alten Waldhütte erzählt«, begann sie zu berichten und ich hörte ihr schweigend zu. »Furgison sagte, du würdest das garantiert nicht überleben.« Sie drehte sich in meinen Armen um, sah mir in die Augen und legte ihre Hand auf meine Wange. »Wäre ich nicht gefesselt gewesen, hätte ich ihn dafür getötet. Und das machte mir bewusst, dass du mir, obwohl wir uns erst wenige Tage kennen, schon sehr viel bedeutest.« Sie senkte die Lider und sah zur Seite. »Ich weiß, dass es für solche Bekundungen noch viel zu früh ist. Ich hoffe, dich damit jetzt nicht verschreckt zu...«

Ich ließ sie den Satz nicht beenden, legte meinen Zeigefinger auf ihren Mund.

Fragend sah sie mich wieder an.

»Als ich euch in diesem Keller fand, ich dich verletzt und hilflos dort gefesselt hängen sah, wurde mir das Gleiche bewusst wie dir.« Ich nahm ihre Hand und gab ihr einen Kuss auf die Innenseite. »Sam, natürlich können wir noch nicht von der großen Liebe sprechen, wir kennen uns ja erst seit ein paar Tagen. Aber die Umstände haben uns schneller zusammengeschweißt, als dass normalerweise der Fall gewesen wäre. Lass uns einfach abwarten, wie es sich weiterentwickelt.«

Sam sah mich traurig an.

Mit dieser Reaktion hatte ich nach meinen Worten nicht gerechnet.

Doch ihre Erklärung folgte prompt.

»Als ich vor dem Department auf dich gewartet habe, rief mein Chef an. Ich habe ihm kurz berichtet, was vorgefallen ist und das Furgison auf der Flucht sei.«

»Und er war nicht begeistert darüber«, spekulierte ich.

»Dazu meinte er nicht viel. Aber er sagte, dass ihr ja nun wüsstet, wer der Täter ist und mein Job hier nun erledigt sei. Ich soll morgen Mittag zurück nach Washington fliegen. Den Flug hat er mir bereits gebucht.«

»Soll das ein Witz sein? Ich dachte, wir hätten noch Zeit, bis wir Furgison geschnappt haben!?«

»Ja, ich auch.«

Morgen sollte schon alles wieder vorbei sein?

Das ging viel zu schnell!

So hatten wir doch nicht einmal Zeit, uns zu überlegen, wie es weitergeht.

Konnte es so überhaupt weitergehen?

Ich hätte in diesem Moment am liebsten einfach losgebrüllt, so sehr frustrierte mich diese verfahrene Situation.

Klar wussten wir beide, dass unsere gemeinsame Zeit irgendwann ein Ende haben würde.

Doch ich dachte, bis dahin hatten wir entweder gemerkt, dass wir nicht wirklich zusammenpassten, oder konnten uns eine Lösung überlegen, wie wir es trotz der Distanz schaffen würden, zusammen zu bleiben.

Aber so?

»Das ist riesengroßer Mist!«, schimpfte ich und drehte mich auf den Rücken.

Sam kuschelte sich an mich und legte ihren Kopf auf meine Brust.

»Morgen Früh muss ich ins Hotel und meine Sachen packen. Anschließend gehe ich ins Department, schreibe meinen Abschlussbericht und gebe ihn Kinkade.«

»Und danach wirst du wahrscheinlich direkt zum Flughafen müssen.« Sie seufzte schwer und nickte. »Ich fahre dich, dann musst du dir wenigstens darum keine Gedanken machen.«

»Danke, das ist lieb von dir. Dann können wir auch noch ein wenig Zeit miteinander verbringen.«

Schweigend lagen wir einige Minuten einfach nur da und genossen die Nähe des anderen.

Als ich schon dachte, Sam wäre eingeschlafen, hob sie ihren Kopf und gab mir einen Kuss auf den Hals.

Für einen Moment verharrte sie dort, atmete tief durch die Nase ein und küsste mich dann abermals am Hals. Kuss für Kuss wanderte sie nun weiter, bis unter mein Ohr, meinen Unterkiefer entlang, bis sie zu meinem Mund gelangte.

Ihre Lippen schwebten nur Millimeter über meinen, ihr heißer Atem streichelte über meine Haut und sie sah mir tief in die Augen.

Meine Hand wanderte an ihren Hinterkopf, wo ich sie in ihrem Haar zur Faust ballte und überbrückte den kleinen Abstand zwischen uns, um sie verlangend zu küssen.

Wie schon beim ersten Mal, als wir miteinander intim wurden, überflutete mich ein Verlangen, dass ich so noch nie bei einer Frau erlebte. Jede noch so kleine Berührung von ihr verstärkte dieses Gefühl.

Eng umschlungen, gaben wir einander alles, was wir konnten.

Ein letztes Mal, bevor sich unser gemeinsamer Weg für unbestimmte Zeit trennen würde.

Als ich am nächsten Tag die Augen öffnete, zog sich mein Magen schmerzhaft zusammen.

Sam lag nicht neben mir.

Nur ein Brief von ihr.

Brian,

alleine der Gedanke daran, mit dir am Flughafen zu stehen, dich in meinen Armen zu halten, ohne zu wissen, ob wir uns je wiedersehen, trieb mir heute Morgen Tränen in die Augen und zerriss mein Herz.

Ich weiß, es ist furchtbar egoistisch von mir und es tut mir unendlich leid, dass ich dir die Möglichkeit nehme, dich von mir zu verabschieden. Aber ich glaube, ich könnte das nicht ertragen.

Du bist eine Bereicherung für mein Leben und keine Sekunde die ich mit dir verbrachte, werde ich je vergessen!

Aber ich sehe keine Möglichkeit, wie wir unseren Weg in Zukunft gemeinsam gehen können.

Deine Heimat ist Grand Marais, eine Stadt, in der ich nicht leben kann, da sie meine dunkle Vergangenheit birgt. Ich habe kein Recht von dir zu erwarten, von dort wegzugehen, wenn wir noch nicht einmal wissen, ob unser gemeinsamer Weg bis zum Ende führen würde.

Und dann ist da noch mein Job beim FBI, für den ich hart gearbeitet und gekämpft habe. Meistens bin ich irgendwo im Land unterwegs, ohne zu wissen, wo mich der nächste Fall hinführen wird.

So kann man kein gemeinsames Leben aufbauen!

Vielleicht führt das Schicksal noch einmal für eine kurze Zeit unsere Wege zusammen, aber bis dahin sage ich Lebewohl.

Deine Sam

Das konnte doch nicht ihr erst sein, oder?

Klammheimlich hat sie sich davongeschlichen!

Mein Blick auf den Wecker verriet mir, dass schon bald das Boarding begann.

Mit etwas Glück würde ich sie vorher noch erwischen.

In Rekordgeschwindigkeit sprang ich aus dem Bett, zog mich an und ging zu meinem Auto.

Die Fahrt zum Flughafen kam mir vor, wie eine Ewigkeit.

Ständig huschte mein Blick zur Uhr, stets mit der Angst im Nacken, Sam zu verpassen.

SAMANTHA

Noch eine halbe Stunde, bevor ich in das Flugzeug steigen konnte und mit jeder verstreichenden Minute stieg meine Angst, Brian könnte es noch rechtzeitig schaffen hier her zu kommen.

Unruhig verlagerte ich mein Gewicht von einem Bein auf das andere, als hinter mir plötzlich eine bekannte Stimme erklang.

»Du wolltest dich also einfach so davonstehlen, hm?«

Mein Herz rutschte augenblicklich in die Hose.

Seine Stimme klang so unendlich traurig!

Langsam drehte ich mich zu ihm um, ohne ihn ansehen zu können.

»Es tut mir leid, Brian.«

»Was tut dir leid? Dass du dich klammheimlich davonstehlen wolltest, oder dass du uns einfach so aufgibst?«

»Ich gebe uns nicht einfach so auf!«, widersprach ich und sah ihm in die traurigen Augen. »Ich habe mir das Hirn zermartert, um eine Lösung für uns zu finden.«

»Ich könnte mit dir kommen.«

»Das wäre doch auch eine Fernbeziehung, weil ich ständig unterwegs wäre.«

»Sam, bitte«, flehte er und nahm mein Gesicht zwischen seine Hände. »Das geht alles viel zu schnell! Lass uns doch wenigstens die Chance, in Ruhe einen Ausweg zu finden.«

Tränen sammelten sich in meinen Augen und kullerten die Wangen herab.

»Es gibt keinen Weg«, flüsterte ich, als auch schon die Durchsage kam, dass das Boarding für meinen Flug begann.

Ewig scheinende Sekunden blickte er mir forschend in die Augen, bevor er mir einen Kuss auf die Stirn gab und sich anschließend Schritt für Schritt, rückwärts laufend von mir entfernte.

Ich schluchzte auf.

Dieser Abschied brach mein Herz in tausende kleine Splitter.

Zum ersten Mal seit zwei Monaten, betrat ich meine Wohnung in Washington.

Seither freute ich mich jedes Mal darüber, wenn ich wieder in meinem gewohnten Umfeld war und in meinem eigenen Bett schlafen konnte, auch wenn es meist nur für wenige Tage war.

Doch dieses Mal erschien sie mir kalt und leer.

So wie mein Herz.

Ja, mein Herz war kalt.

Wie sonst hatte ich es fertig bringen können, Brian seines zu brechen?

Und doch fühlte es sich leer an, weil er mir so unendlich fehlte.

War es die richtige Entscheidung, einen Schlussstrich zu ziehen?

Wenn ich diese Frage doch nur beantworten könnte!

Alles erschien so logisch, als Brian noch in seinem Bett lag und nichtsahnend schlief.

Aber seit dem Moment, als er am Flughafen auftauchte, zerbröselte diese Logik immer mehr in seine atomaren Bestandteile.

Doch all die Grübelei brachte im Moment nichts.

Zuallererst, musste ich meinem Boss Rede und Antwort stehen, auch wenn mir danach gerade überhaupt nicht der Sinn stand.

Schwermütig brachte ich den Koffer ins Schlafzimmer und meinen müden Hintern danach unter die Dusche.

Kaum dass ich das Büro von meinem Boss betreten hatte, schimpfte er schon los.

»Was haben sie sich nur dabei gedacht, sich dem Täter als Lockvogel anzubieten?«

»Er hätte mich so oder so geschnappt«, entgegnete ich.

»Das können sie nicht wissen, Agent Blake! Sie haben ihn herausgefordert!«, brüllte er weiter. »Aber das ist nicht der Hauptgrund, weswegen ich sauer bin.«

Nicht?

Ich brachte seiner Meinung nach unnötig mein Leben in Gefahr und dennoch war das nicht der Grund, für seine Brüllerei?

»Weil sie sich einen Spaß daraus gemacht haben, Deputy Moore den Kopf zu verdrehen, hat er sich gegen den Sheriff aufgelehnt! Denken sie etwa seit neuestem, ihre Arbeit wäre ein Witz? Ich habe sie dort hingeschickt um die Identität eines Serienkiller herauszufinden und nicht, um Betthäschen in den Schlafzimmern der Deputys zu spielen!«

Nun reichte es mir aber!

Was dachte er denn von mir?!

»Ich habe die Identität des Killers herausgefunden! Und er war es, der mir sagte, dass er mich bereits auf dem Schirm hatte, bevor ich versuchte, ihn auf mich aufmerksam zu machen.« Mein Boss holte Luft, um mir etwas zu entgegnen, doch ich hob warnend meinen Zeigefinger, was ihn tatsächlich dazu brachte zu schweigen. »Und Brian Moore ist der stellvertretende Sheriff, kein einfacher Deputy. Sheriff Kinkade ist nicht sauer, weil ich mit Brian intim wurde und nur mit ihm, sondern weil einer seiner Mitarbeiter der gesuchte Killer ist und ein anderer, eine maßgebliche Schuld daran trägt, dass es erst so weit kam! Das der Sheriff obendrein frauenfeindlich ist, brauche ich ihnen ja nicht zu sagen, weil sie das bereits vorher wussten.«

Tief Luft holend, verschränkte ich meine Arme vor der Brust.

Ich war stinkwütend.

Als ob es mir nicht schon beschissen genug ging, musste dieser Mistkerl Kinkade auch noch meinen Boss gegen mich aufhetzen!

»Agent Blake, mir ist vollkommen egal, was sie für die Wahrheit halten! Fakt ist, sie haben sich fahrlässig und unprofessionell verhalten.«

Was?

Wer saß da vor mir und was hatte er mit meinem Boss angestellt?

Bisher hatte er mir immer den Rücken gestärkt und nie etwas an meiner Arbeitsweise auszusetzen gehabt!

»Ich habe keinerlei Dienstregeln missachtet!«, startete ich erneut einen Versuch, mich zu verteidigen.

Doch er überging meine Worte einfach.

»Sie werden ab sofort Schreibtischdienst schieben. Keine Außeneinsätze mehr.«

Mir blieb beinahe die Luft weg.

»Und wie lange?«

»Wenn sie sich bei Sheriff Kinkade in einem offiziellen Schreiben für ihr Fehlverhalten entschuldigen, werde ich ihre Degradierung auf ein Jahr begrenzen. Ansonsten werden sie ihre restliche berufliche Laufbahn in einem Büro fristen.«

Ich war fassungslos!

Eine gefühlte Ewigkeit, starrte ich meinen Boss an, meine Gedanken kreisten.

Dass ich mich beim Sheriff entschuldigen würde, kam nicht in Frage.

Aber jeden Tag am Schreibtisch sitzen?

War das eine Option für mich?

Doch welche Alternativen gab es?

Dann ging mir plötzlich ein ganzer Kronleuchter auf und ich wusste, was ich zu tun hatte!

21
Neuer Plan

BRAIN

Fast vier verdammte Wochen waren vergangen, seit ich Sam ziehen ließ.

Und seitdem lief nichts mehr wie zuvor.

Robert hatte mich zwar nicht gefeuert, wie ich es bereits befürchtet hatte.

Aber es verging kaum ein Tag, an dem er mich nicht spüren ließ, wie sehr er mich verachtete.

Obendrein musste ich auch noch Babysitter für unsere neuen Deputys spielen und die Suche nach Furgison, war bislang komplett erfolglos.

Doch am schlimmsten war für mich, dass ich nach wie vor Sam vermisste.

Ich dachte, es würde mit der Zeit besser werden, aber dass tat es nicht!

Und so saß ich, so wie heute, jeden Tag nach Dienstschluss daheim auf meinem Sofa und bedauerte mich selbst.

Hatte ich zu schnell aufgegeben?

Sie wirkte jedoch so sicher in ihrer Meinung, für uns gebe es keinen Ausweg, dass ich keine Chance mehr sah, sie vom Gegenteil zu überzeugen.

Ich griff gerade zur Whiskeyflasche, um mir ein zweites Mal aufzufüllen, als es an der Haustür klopfte.

Wer zur Hölle war das?

Es war schon fast Mitternacht!

Schwungvoll riss ich die Tür auf und holte bereits Luft, um dem nächtlichen Störenfried meine Meinung zu geigen.

Doch was auch immer ich sagen wollte, innerhalb vom Bruchteil einer Sekunde, hatte ich jedes einzelne Wort vergessen!

Mit unsicherem Blick und zwei kleinen Whiskeyflaschen aus einer Minibar, stand sie vor mir.

Meine Sam!

»Musst du immer so einen Mist hier anschleppen? Dieser Billigfusel schmeckt furchtbar!«, meinte ich, nach einem kurzen Schockmoment und trat zur Seite. »Wenn du Lust auf wirklich guten Whiskey hast, komm rein«, forderte ich sie auf.

Angespannt ging sie hinein und blieb mitten im Raum stehen.

Nachdem ich die Haustür geschlossen hatte, ging ich zu ihr und stellte mich vor sie hin.

Sah sie einfach nur an.

»Brian, ich...«, begann sie nach einem Moment der Stille, brach aber wieder ab und steckte kopfschüttelnd die Fläschchen in ihre Jackentasche. »Mein ganzes Leben lang, habe ich mich auf meine Logik verlassen. Und sie hat mir gesagt, dass du deine Heimat niemals für eine Frau aufgeben würdest, die du erst ein paar Tage kennst. Meine Logik sagte mir, dass es keine Garantie dafür gibt, dass das zwischen uns auf Dauer funktioniert und es deshalb komplett unlogisch wäre, irgendein Risiko einzugehen. Und sie hat mir ebenfalls gesagt, dass es keinen gemeinsamen Weg für uns gibt.« Sie atmete einmal tief durch und blickte mir dann zum ersten Mal, seit sie heute mein Haus betreten hatte in die Augen. »Was ich aber bei diesem ganzen Logikirrsinn nie bedacht hatte, ist, dass Gefühle keiner Logik folgen. Ich war so dumm, Brian! Ich habe alles mit meinem verqueren Denken kaputt gemacht! Mir ist bewusst, dass egal was ich sage oder tue, mein dummes Verhalten nicht mehr rückgängig zu machen ist, aber ich wollte dir zumindest sagen, dass es mir unendlich leidtut.«

»Bist du jetzt fertig?«, fragte ich sie und sie starrte mich einen Moment entsetzt an.

Dann nickte sie wortlos, während sich Tränen in ihren Augen sammelten.

Als sie sich von mir zum gehen abwenden wollte, packte ich sie in einer schnellen Bewegung am Hinterkopf und senkte meine Lippen auf ihre.

Ein leises Stöhnen entwich ihrer Kehle und brachte mich beinahe um den Verstand!

Mit meiner freien Hand, fasste ich an ihren Hintern und drückte sie an mich, während unser Kuss immer wilder wurde.

Verdammt, wie sehr hatte ich diese Frau vermisst und gehofft, sie würde irgendwann zu mir zurückkommen.

Hatte sie tatsächlich gedacht, ich würde sie nun einfach wieder hier rausmarschieren lassen?

Als ich mich schließlich schwer atmend von ihr löste, sah sie mich fragend an.

»Du bist der klügste dumme Mensch, der mir jemals begegnet ist, Sam!« Sanft strich ich ihr eine verirrte Haarsträhne aus dem Gesicht. »Warum hast du nicht mit mir darüber geredet? Du hättest uns eine ganze Menge ersparen können.«

»Vor einem Monat dachte ich noch, das würde ich mit meiner Entscheidung.«

»Und du hast so lange gebraucht, um zu merken, dass du falsch lagst?«

»Nein, das wurde mir bereits, kurz nachdem ich in Washington ankam klar.«

»Wolltest du mich zappeln lassen?«, fragte ich und grinste sie an.

Sam drehte sich darauf von mir weg, ging zum Wohnzimmertisch und schenkte sich von meinem Whiskey ein.

Nachdem sie einen großen Schluck genommen hatte, drehte sie sich wieder zu mir.

»Ich bin ein Risiko eingegangen und das musste erstmal geplant werden.«

Ich verstand nur Bahnhof.

»Ein Risiko?«

»Ich habe beim FBI gekündigt, Brian.«

»Was?« Hatte ich das gerade richtig verstanden?

»Mein Boss wollte mich zum Schreibtischdienst verdonnern. Dein Vater hatte bei ihm angerufen und sich über mich beschwert, weil ich mich seiner Meinung nach ungebührlich verhalten hatte. Hauptsächlich wegen unserer Beziehung.« Sie zuckte mit den Schultern, bevor sie einen weiteren Schluck aus dem Glas nahm und es wieder auf den Tisch stellte. »Hätte ich mich bei Kinkade entschuldigt, wäre ich mit einem blauen Auge davon gekommen. Aber das war das Letzte, was ich tun wollte!«

»Und weil du auch keine Lust hattest, am Schreibtisch zu hocken, hast du gekündigt?«, hakte ich frustriert nach.

Ich hegte die Hoffnung, sie sei wegen mir wieder zurück und nicht, aufgrund ihres verletzten Stolzes.

»Natürlich wollte ich nicht den Rest meiner Karriere am Schreibtisch sitzen. Aber das und dein Vater sind nicht die Gründe, weswegen ich heute hier bin.«

»Und warum dann?«

»Schon als du am Flughafen aufgetaucht bist, begannen erste Zweifel in mir zu entstehen und nachdem mir mein Boss seine Predigt gehalten hatte, ging mir nicht nur ein Licht, sondern ein ganzer Kronleuchter auf!« Sie kam wieder zu mir und nahm meine Hände in ihre. »Ich habe vor einem Monat eigentlich nicht den logischsten Weg gewählt, es war der Einfachste. Denn es ist einfacher, eine Beziehung zu beenden, als darum zu kämpfen, dass sie bestehen bleibt. Und ich war noch nie der Mensch, der den einfachen Weg wählt. Ich war immer eine Kämpferin für das, was mir wichtig ist, eine Bedeutung für mich hat. Aus diesem Grund bin ich hier.«

»Ich bin dir wichtiger als dein Job beim FBI, für den du so hart gearbeitet hast?«

Sie lächelte mich unglaublich süß an.

»Ja!«, entgegnete sie voller Überzeugung. »Und auch, wenn wir erst am Anfang stehen und nicht wissen, wo uns unser gemeinsamer Weg hinführt, will ich dieses Risiko eingehen.«

»Ich auch«, flüsterte ich und senkte meine Lippen abermals auf ihre.

Doch dieses Mal beließ ich es nicht dabei.

Knurrend packte ich sie an ihrem verführerischen Hintern und hob sie hoch, was sie dazu brachte, ihre Beine um meine Hüften zu schwingen.

Ohne unseren Kuss zu unterbrechen, ging ich mit ihr in mein Schlafzimmer.

Es war zwar schon spät und ich musste früh aufstehen, aber wir hatten schließlich was zu feiern und sehr viel Nachholbedarf!

SAMANTHA

Als ich kurz vor Mitternacht hier ankam und klopfte, hoffte ich natürlich, dass mir Brian verzeihen würde.

Aber geglaubt habe ich es nicht.

Dass diese Nacht jedoch so enden würde, damit hatte ich selbst in meinen kühnsten Träumen nicht gerechnet!

Noch immer spürte ich seinen heißen Atem auf meiner Haut, seine Hände, wie sie mich sanft streichelten oder kräftig zupackten und hörte noch immer seine Stimme, als er leise meinen Namen stöhnte.

Nun lag er neben mir und schlief, während draußen bereits der Morgen dämmerte.

Behutsam, um ihn nicht zu wecken, kuschelte ich mich an ihn und schloss nun ebenfalls die Augen.

Als ich wieder aufwachte, lag Brian noch immer bei mir.

»Hey du Schlafmütze!«, sagte ich laut und rüttelte ein wenig an ihm. »Müsstest du nicht längst bei der Arbeit sein?«

Irgendetwas Unverständliches vor sich hinbrummend, drehte er mir den Rücken zu.

Doch so einfach kam er mir nicht davon.

Ich griff unter die Decke und kniff ihm in den nackten Hintern.

»Das hast du gerade nicht wirklich getan, oder?«, murmelte er müde.

»Du musst doch zur Arbeit«, verteidigte ich mich.

»Du hast mir in den Hintern gezwickt!«

»Du hast verschlafen!«, entgegnete ich lachend.

Diese Situation war einfach zu komisch.

Wie ein geölter Blitz drehte er sich zu mir um und begann, mich zu kitzeln.

»Das ist lustig!«, meinte er amüsiert. »Aber nicht, dass du mir in mein Hinterteil kneifst!«

»STOP! Bitte!«, schrie ich schon beinahe.

Mein Bauch tat bereits weh vor Lachen.

Zu meinem Glück beendete er auch gleich seine Kitzelattacke und fixierte mich mit seinem Blick.

»Ich habe mich krank gemeldet. Das habe ich dir aber gesagt, bevor du mich angegriffen hast«, beschwerte er sich mit hochgezogenen Augenbrauen.

»Ach das sollte dieses unverständliche Gebrumme bedeuten!?«

»Unverständliches Gebrumme?«

Ich sah ihm sofort an, dass er mich wieder kitzeln wollte und hielt ihm drohend meinen Zeigefinger unter die Nase.

»Wage es nicht! Glaub mir, die Rache wäre fürchterlich!«

Er schnappte sich grinsend meinen Finger und gab mir einen kurzen Kuss.

»Apropos Rache«, begann er wieder ernst zu werden. »Wir haben noch keine Spur von Furgison.«

»Er läuft noch immer frei herum?«

»Ja, Rick ist komplett untergetaucht. Keine Ahnung, wie er das hinbekommen hat. Wir haben sowohl ihn als auch sein Auto zur Fahndung ausgeschrieben und sein Bild an alle Bahnhöfe und Flughäfen geschickt.«

»Vielleicht ist er noch irgendwo in der Nähe.«

»Aber wo sollte er sich hier verstecken? Es kennt ihn doch jeder«, gab Brian zu bedenken.

»Aber würde ihn auch jeder verraten?«

»Ich kann mir nicht vorstellen, dass jemand so blöd ist, ihm Unterschlupf zu gewähren.«

Ich setzte mich auf und begann mich anzuziehen.

»Hast du von deinem Computer aus Zugriff, auf den des Departments?«

»Sicher, warum?«

»Weil ich alles über Furgison wissen muss. Vielleicht komme ich dadurch auf eine Idee, wo wir ihn finden könnten.«

Nun zog auch er sich an und gemeinsam setzten wir uns vor seinen Computer.

Ein paar Klicks und sein Passwort reichten und schon hatte ich Zugriff.

Ich las alles, was ich über Furgison finden konnte.

Doch das reichte mir noch nicht.

»Weißt du, welche Immobilien er besitzt?«

Brian überlegte einen Moment, schüttelte dann aber mit dem Kopf.

»So weit ich weiß, hat er nur das Haus seiner Mutter geerbt.«

»Gibt es eine Möglichkeit nachzuforschen, ob er noch andere Häuser oder Wohnungen besitzt?«

»Nicht über das Department. Da bräuchte ich einen richterlichen Beschluss, den ich beim Office of the Revisor of Statutes einreichen muss, damit ich die gewünschten Informationen erhalte.«

Das war großer Mist!

Es würde wahrscheinlich ewig dauern, bis der Beschluss da wäre.

Wenn Brian ihn überhaupt bekam.

»Das ist ja großartig«, meinte ich ironisch und ließ mich gegen die Rückenlehne meines Stuhls sinken. »Und wie kommen wir jetzt an die Informationen? Durch sie finden wir ihn vielleicht.«

Brian stand plötzlich auf und stellte sich hinter mich.

»Tja, wie gut, dass ich so meine Verbindungen habe«, meinte er mit einem Schmunzeln in der Stimme und gab mir einen Kuss auf den Scheitel. »Ich muss mal kurz telefonieren.«

Bevor ich reagieren konnte, verschwand er im Wohnzimmer, von wo ich ihn kurz darauf reden hörte.

Leider verstand ich nur Bruchstücke.

›*sehr gefährlich, ja*‹ und ›*...nimmt die Sache nicht ernst genug*‹, sowie ›*wann? Gut, dann komme ich nachher vorbei*‹, war alles, was ich heraushören konnte.

Jetzt war ich aber wirklich gespannt auf seine Erklärung.

Zufrieden grinsend kam er kurz darauf zurück und setzte sich wieder neben mich.

»In einer Stunde können wir den richterlichen Beschluss abholen«, meinte er nur ganz locker, als ob es nicht selbstverständlicheres gäbe und ich starrte ihn mit offenem Mund an.

»Wie zum Teufel hast du das so schnell hinbekommen?«

»Als damals meine Mutter starb, wurde per Gericht entschieden, dass mein Vater sich nun um mich kümmern musste. Die Richterin hatte Mitleid mit mir, weil ich Robert bis zu diesem Tag nicht kannte und mich mit Händen und Füßen gewehrt hatte. Sie sagte damals zu mir, dass ich jederzeit zu ihr kommen könnte, wenn ich ihre Hilfe benötigen würde«, erklärte er.

»Und mit ihr hast du gerade telefoniert?«

»Genau. Und sie zum ersten Mal darum gebeten, mir zu helfen.«

»Sie stellt dir jetzt ohne zu zögern den Beschluss aus?«

Ich konnte es kaum glauben!

Blieb nur zu hoffen, dass wir Furgison nun auch durch die Informationen vom Office of the Revisor of Statutes finden konnten.

»Ich habe Richterin Stanton natürlich die Sachlage erklärt. Aber nachdem ich ihr erzählte, das Kinkade die Suche nach Rick nicht ernst genug nimmt, hat sie sofort gesagt, dass ich meinen Beschluss bekomme.«

»Er nimmt die Suche nicht ernst?«

»Nein. Der Idiot ist fest davon überzeugt, dass Furgison seinen Bezirk verlassen hat, da es keine weiteren Morde mehr gab. Dadurch ist es seiner Meinung nach, nicht mehr sein Problem.«

Ich schüttelte verständnislos den Kopf.

»Was ist das bloß für ein Sheriff?«, empörte ich mich und seufzte.

Nachdem Brian den Beschluss geholt hatte, rief er beim Office of the Revisor of Statutes von Minnesota an und fragte, ob das eingescannte Dokument vorerst ausreiche, wenn er das Original direkt per Post zusenden würde.

Zu unserem Glück ließen sie sich darauf ein und sendeten uns die gewünschten Dokumente per Mail zu.

Das Haus seiner Mutter war darauf vermerkt und sogar noch die alte Jagdhütte im Wald, die nur noch ein verkohlter Scheiterhaufen war.

Doch es stand noch etwas anderes auf der Liste.

Ein Grundstück mitten im Wald, in der Nähe des Devil Track Lake.

Auf der Karte war nur ein kleiner unscheinbarer Feldweg zu erkennen und es würde sicherlich schwer werden, sich dort nicht zu verfahren.

»Das wird kein Zuckerschlecken!«, warnte er mich.

»Und?«

Er grinste und gab mir einen sanften Kuss.

»Du wirst die ganze Zeit an meiner Seite bleiben, hast du verstanden?«

Ich nickte lächelnd, froh darüber, dass er nicht von mir verlangte hierzubleiben.

»Willst du Kinkade informieren?«, fragte ich, auch wenn ich die Antwort eigentlich schon kannte.

»Ganz sicher nicht! Er würde mir nicht gestatten hinzufahren und erst recht nicht mit dir!«

»Aber irgendjemandem müssen wir Bescheid geben, damit man uns findet, falls etwas schief geht«, gab ich zu bedenken und er nickte nachdenklich.

»Ich werde die Informationen an Richterin Stanton senden mit dem Hinweis, dass sie Verstärkung schicken soll, wenn ich mich nicht innerhalb von zwölf Stunden zurückmelde.«

»Also gut. Wir fahren hin und dann? Rein schleichen und durchsuchen oder erstmal verstecken und beobachten?«

»Da wir im Moment noch nicht mal wissen, ob sich auf dem Grundstück überhaupt ein Gebäude befindet und wenn ja, ob es nicht vielleicht von jemand anderem bewohnt wird, erstmal beobachten.«

»Einverstanden. Dann sollten wir uns warm anziehen und Proviant mitnehmen.«

Er nickte und wir begannen damit uns vorzubereiten.

Der Plan stand.

Jetzt konnten wir nur noch hoffen, dass nichts schief ging und wir Furgison dort vorfanden.

22

Aus jung wurde alt

SAMANTHA
(RÜCKBLICK)

Von dem Desaster mit Chris hatte ich mich auch nach Jahren noch nicht vollständig erholt.

Männer konnten mir gestohlen bleiben.

Und Vertrauen schenkte ich niemandem.

Aber vielleicht war das auch besser so, denn als Agent beim FBI sollte man vermutlich niemandem leichtfertig vertrauen.

Ich packte gerade meinen Koffer.

In weniger als einer Stunde kam mein Taxi und würde mich zum Flughafen fahren.

Nur noch eine Woche, dann begann meine Ausbildung.

Ich war stolz darauf, denn eigentlich war ich noch zu jung.

Das FBI erteilte mir jedoch eine Sondergenehmigung.

Warum, war mir klar.

Wann bekamen sie schon jemanden in die Finger, der ein fotografisches Gedächtnis hatte!?

Da sie mir keinen Lageplan der Gebäude und der Umgebung überlassen wollten, musste ich eben ein paar Tage früher anreisen, um mich mit den dortigen Gegebenheiten bekannt zu machen.

Ich hatte keine große Lust, in den ersten Tagen wie ein aufgescheuchtes Huhn durch die Gegend zu rennen, weil ich noch nicht wusste, wo ich hinmusste.

Der Chef des Ausbildungszentrums hatte auch nichts dagegen einzuwenden, begrüßte sogar meinen Eifer, wie er es nannte.

Als ich es endlich geschafft hatte, den übervollen Koffer zu schließen, ging ich ohne mich nochmals umzusehen, aus meiner Wohnung und vor das Haus.

Das Taxi war noch nicht da.

Ich war mal wieder zu früh.

Das war typisch für mich.

So wie viele Menschen niemals oder zumindest nur selten pünktlich sein konnten, schaffte ich es nur in den wenigsten Fällen, nicht zu früh zu einem Termin oder einem Treffen zu erscheinen.

Was aber im Allgemeinen lieber gesehen wurde, als im umgekehrten Fall.

Jedenfalls stand ich nun vor meinem Wohnhaus und wartete.

Ich sah mir ein wenig die Gegend an.

Es war nicht gerade das beste Viertel, in dem ich wohnte.

Das ein oder andere Graffiti war zu sehen, die Vorgärten, wenn vorhanden, waren nicht die Gepflegtesten und Müll lag hier und da herum.

Doch es gab weitaus schlimmere Gegenden, in denen ich sicher keine einzige ruhige Nacht hätte und zudem waren die Mietpreise günstig.

Denn mehr konnte ich mir momentan einfach nicht leisten.

Nachdem meine Eltern vor etwas mehr als einem Jahr, beim Skiurlaub von einer Lawine erfasst und getötet wurden, blieb ich erstmal in ihrem Haus.

Doch die Kosten waren einfach zu hoch und Geld hatten sie mir kaum hinterlassen.

Also war ich gezwungen es zu verkaufen und mit dem Großteil des Erlöses, meine bis dahin angehäuften Schulden zu tilgen.

Anschließend reichte es gerade noch, um die Kaution meiner Wohnung und einige Einrichtungsgegenstände zu kaufen.

Als ich gerade ein paar Jungs beim Ballspielen in einem der Vorgärten beobachtete, sah ich jemanden aus dem Augenwinkel, auf der anderen Straßenseite stehen.

Ich drehte mich um und da stand sie wieder.

Diese Frau!

Das letzte Mal, als ich sie sah, war während dem Skiurlaub meiner Eltern.

Die Zeitabstände zwischen ihren *Besuchen* hatte sich in den letzten Jahren vergrößert.

Immer wieder aufs Neue, fragte ich mich, ob sie tatsächlich da war oder nur in meinem Kopf existierte.

Doch sie alterte ebenso wie ich.

Damals hatte sie noch schöne lange blonde Haare.

Nun waren sie grau.

Sie stand wie immer einfach nur da und sah mich an.

Unbewegt, wie zur Salzsäule erstarrt.

Aber heute lief ich nicht weg, so wie all die anderen Male.

Ich wollte endlich wissen, ob sie echt war.

Musste sie fragen, warum sie all die Jahre immer wieder aufgetaucht war.

Das schuldete sie mir!

Schließlich hatte sie dadurch mein Leben nachhaltig verändert.

Also lief ich los, ohne sie aus den Augen zu lassen.

Ein Hupen ertönte und das Quietschen von Reifen.

Erschrocken drehte ich mich zu der Geräuschquelle um.

Mein Taxi war da und hatte mich fast über den Haufen gefahren, weil ich blindlings über die Straße gelaufen war.

Jetzt wurde ich auch schon fast überfahren wegen dieser Frau!

Wütend drehte ich mich wieder zu ihr.

Doch sie war einfach verschwunden.

Mal wieder.

Vor mich hinfluchend sah ich die Straße hoch und runter, aber sie war wie vom Erdboden verschluckt!

»Junge Dame, sind sie denn verrückt?«, schimpfte der Taxifahrer, der gerade aus seinem Wagen stieg. »Ich hätte sie beinahe überfahren! Sie hatten Glück, dass ich ohnehin hier halten musste und dadurch langsamer war.« Er legte seine Hand auf meine Schulter und riss mich dadurch aus meinen Gedanken. »Warum sind sie denn einfach so auf die Straße gerannt?«

Ich drehte mich zu ihm und sah ihn entschuldigend an.

»Tut mir leid, ich dachte ich hätte jemanden gesehen.«

Kopfschüttelnd wandte er sich wieder von mir ab und ging zu meinem Koffer.

»Ist das ihr Gepäck?«

Tief durchatmend, fuhr ich mir mit beiden Händen über das Gesicht, bevor ich zum Fahrer ging.

»Ja, das ist meins«, bestätigte ich und er hievte daraufhin das schwere Gepäckstück in seinen Kofferraum.

Nachdem wir beide eingestiegen waren und ich ihm mein Ziel genannt hatte, fuhr er los.

Ich starrte gedankenversunken aus dem Fenster, nahm von meiner Umgebung nichts wahr.

Wie konnte diese Frau nur immer wissen, wo ich mich befand?

Erst vor einem knappen Jahr, bin ich hier hergezogen.

Woher kannte sie meine neue Adresse?

Ob sie bald auch in Quantico auftauchen würde?

Noch immer wusste ich nicht, ob ich sie mir einfach nur einbildete!

In all den Jahren hatte sie nie ein anderer gesehen und wenn ich nur kurz wegsah, war sie anschließend verschwunden.

Meine Logik sagte mir, dass sie nur eine Einbildung war.

Aus welchen Gründen auch immer.

Aber mein Instinkt beharrte jedes Mal aufs Neue darauf, dass es sie wirklich gab.

Das sie echt war und nicht nur ein Hirngespinst.

Doch wie sollte ich das beweisen?

Nicht für die Menschen in meinem Leben, die mich mehr als nur einmal als verrückt hingestellt hatten, sondern für mich.

Für mich ganz alleine, hätte ich gerne den Beweis für ihre Existenz!

Es gab jedoch keine Fotos, keine Augenzeugen und an die Bänder der Überwachungskamera kam ich ohne triftigen Grund, nicht heran.

Selbst als Agent beim FBI nicht.

Also blieb mir nichts anderes übrig, als die Situation zu akzeptieren wie sie war.

In wenigen Tagen würde ich die Ausbildung beginnen, brauchte dafür all meine Energie und durfte diese nicht für eine Sache vergeuden, die ich ohnehin nicht ändern konnte.

23
Die Rache ist mein

FURGISON

Kaum dass ich sie fand, wurde sie mir bereits wieder genommen!

Samantha.

Meine Schwester.

Mein ALLES!

Noch immer war ich wütend auf Brian.

Warum musste sich dieses Arschloch in meine Familienangelegenheiten einmischen?

Aber er würde das schon bald bereuen.

Meine Rache war nah.

Ich musste nur noch ein paar Vorbereitungen treffen, damit ich ihn gebührend empfangen konnte und dann würde ich nach Washington reisen, um mir meine Samantha zurückzuholen.

Schon vier Wochen war sie weg.

Aber wenigstens war sie auch nicht bei ihm!

Auch er hatte sie letztendlich verloren und ich musste dadurch nicht den Gedanken ertragen, dass er sie Nacht für Nacht nehmen konnte und ich nicht!

Gerade war ich dabei mein Messer zu schärfen, als der Alarm von einem meiner Bewegungsmelder losging, die ich rund um mein Haus angebracht hatte.

Zu früh.

Ich dachte, er würde länger brauchen um auf die Idee zu kommen, in den Grundbucheintragungen nachzusehen.

Doch auch wenn ich noch nicht mit seinem Kommen gerechnet hatte, war ich bereits ausreichend vorbereitet.

Ich würde ihm mein Messer in sein jämmerliches Herz rammen, genussvoll seinen entsetzten Gesichtsausdruck beobachten und dabei zusehen, wie er seinen letzten Atemzug tat.

Sobald er dieses Haus betreten hatte, war sein Schicksal besiegelt.

Er würde es nicht mehr lebend verlassen!

24
Besiegeltes Schicksal

BRAIN

Wir saßen nun schon seit fast acht Stunden im Wald und beobachteten das Haus, welches auf Furgisons Grundstück stand.

Niemand war seither gekommen oder gegangen.

Kein Licht brannte.

Und doch hatte ich das untrügliche Gefühl, dass *er* da war.

Gerade erst hatte ich mein Smartphone aus der Jackentasche gekramt, um Richterin Stanton eine Nachricht zu schreiben, dass wir immer noch das Haus beobachteten und sie die Deadline verlängern sollte, als im Erdgeschoss das Licht anging und eine männliche Person am Fenster vorbeilief.

»War das Furgison?«, fragte mich auch schon Sam im Flüsterton, der das natürlich ebenfalls nicht entgangen war.

»Sah ganz danach aus.«

Kaum hatte ich ausgesprochen, trat er ans Fenster und sah sich draußen um, als würde er jemanden erwarten.

Es war eindeutig Furgison.

»Am besten warten wir noch ein wenig. Vielleicht haben wir Glück und er geht gleich schlafen.«

»Glaubst du wirklich?«, hakte ich nach. »Die ganze Zeit war das Licht aus. Ich denke eher, dass er eben erst aufgestanden ist.«

»Keine Ahnung, aber im Haus seiner Mutter war er ja auch größtenteils im Keller, hatte da sogar sein Bett stehen und der Wohnraum im Haus war so gut wie leer, soweit ich das damals erkennen konnte.«

Sie hatte recht, dennoch durften wir uns nicht darauf verlassen, dass er sich schlafen legen würde, sobald das Licht ausging.

»Ok, wir warten bis es wieder dunkel im Haus ist, aber wir müssen trotzdem vorsichtig sein«, ermahnte ich sie.

Sam nickte und nahm meine Hand in ihre, verschränkte ihre Finger mit meinen und sah mir eindringlich in die Augen.

»Bitte geh kein unnötiges Risiko ein, ja? Ich habe dich eben erst wiederbekommen!«

Durch das Mondlicht, welches schwach und nur vereinzelt, durch die Baumkronen auf ihr Gesicht fiel, sah ich Tränen in ihren Augen glitzern.

Sie sah wunderschön aus, anbetungswürdig.

Ich legte ihr meine freie Hand auf die Wange und streichelte sie mit meinem Daumen.

»Du bist das Beste, was mir passieren konnte, Samantha Blake«, raunte ich und hauchte ihr einen Kuss auf die Lippen. »Ich verspreche dir, aufzupassen. Und wenn wir diesen Mistkerl endlich hinter Schloss und Riegel haben, überlegen wir uns, wie wir unsere gemeinsame Zukunft gestalten wollen.«

Sie nickte abermals und nun drückte sie mir einen Kuss auf den Mund.

Dass ich mein Leben dafür geben würde, sie vor Furgison zu schützen, sagte ich ihr nicht.

Es hätte sie beunruhigt.

Doch sie brauchte jetzt starke Nerven und durfte nicht durch Sorge um mich abgelenkt sein.

Nach einigen Minuten war das Licht wieder erloschen und wir warteten noch fast eine halbe Stunde, bevor wir uns nun auf den Weg zum Haus machten.

Als wir vor der Tür standen, ging ich in die Hocke, um das Schloss zu knacken. Doch vorher holte ich aus meinem Stiefel eine kleine Pistole heraus und drückte sie Sam in die Hand, damit sie sich verteidigen konnte.

Anschließend nahm ich einen Dietrich und machte mich an die Arbeit.

Es dauerte wie gewöhnlich nur Sekunden, bis das Schloss entsperrt war und wir das Haus betreten konnten.

Wir schlichen durch jedes Zimmer und achteten dabei darauf, nirgends dagegen zu stoßen.

Doch wie von Sam bereits vermutet, gab es kaum Möbel und von Furgison fehlte jede Spur.

Somit blieb nur noch der Keller.

Die Tür nach unten stand offen und ich fürchtete, dass er uns bereits gehört hatte.

Es gab jedoch nur zwei Optionen.

Entweder wir ließen ihn wieder entkommen, oder wir gingen das Risiko ein und würden versuchen, ihn dingfest zu machen.

Sam brauchte ich nicht zu fragen, welche Wahl sie treffen würde und auch ich war nicht gerade scharf darauf, ihn ein weiteres Mal davonkommen zu lassen.

Also schlichen wir uns leise die Treppe herunter.

Unten brannte Licht und ich war mir sicher, er schlief nicht.

Leider hatte ich recht.

Ich kam nur bis zur Mitte der alten Holztreppe, als Furgison durch die Stufen griff und mein Fußgelenk festhielt.

Darauf war ich nicht vorbereitet und stürzte polternd die restlichen Stufen nach unten.

Dabei stieß ich mir so heftig den Kopf, dass mir schwindelig wurde.

Ich sah noch Sam, wie sie Treppe zu mir herunter kam.

Ihr Gesicht voller Sorge.

Dann einen Schatten, der unter den Stufen hervorkam und sie schnappte.

Ein erstickter Schrei war alles, was ich noch vernahm, bevor mich die Bewusstlosigkeit überwältigte.

SAMANTHA

Als ich sah, wie Brian die Treppe herabstürzte, wurde ich vor Sorge um ihn unvorsichtig und rannte zu ihm hinunter.

Ich achtete nur auf ihn.

Das war ein Fehler.

Ich sah noch, wie Brians Blick an mir vorbei huschte und etwas oder jemanden hinter mir ansah.

Doch da war es schon zu spät.

Bevor ich reagieren konnte, hatte mich Furgison bereits geschnappt, entwaffnet und gegen die nächste Wand gedrückt.

Er fixierte mich mit seinem gesamten Körper und sah mich gierig an.

»Welch eine Überraschung, dass du auch hier bist, Schwesterchen«, raunte er und vergrub seine Nase in meinem Haar, atmete tief ein. »Aber das erklärt zumindest, wie er mich so schnell finden konnte.«

»Lass mich sofort los, du verfluchter Mistkerl!«, schrie ich ihn an und versuchte mich zu befreien.

Ich hatte keine Chance, er war zu stark.

»Du bist mein, Samantha!«, knurrte er und ließ seine rechte Hand auf Wanderschaft gehen.

Als er an meinem Hintern ankam, packte er fest zu und stöhnte dabei.

»Hör auf damit!«, versuchte ich ihn abzuhalten. »Ich bin deine Schwester verdammt!«

Von meinen Worten völlig unbeeindruckt, leckte er mir über den Hals bis hoch zu meinem Ohr.

»Du bist meine Halbschwester und wie unsere Mutter mir immer wieder eintrichterte, bist du die einzige, die mich lieben kann, die mich befriedigen kann.«

»Du bist total irre!«, schleuderte ich ihm entgegen. »Ich werde dich niemals lieben!«

»Oh doch, das wirst du. Vielleicht nicht morgen oder in einer Woche. Aber irgendwann, lernst du mich zu lieben!«, versicherte er mir.

Mir schnürte es den Hals zu vor Angst.

Nicht weil ich ihn lieben lernen sollte, sondern weil er mich bei sich behalten wollte.

Für den Rest meines Lebens.

Und weil er das nur schaffen konnte, wenn er Brian aus dem Weg räumte.

Denn er würde Furgison bis ans Ende der Welt und darüber hinaus jagen, um mich aus seinen Fängen zu befreien!

Das wusste ich.

Und Furgison wusste dass ebenfalls, da war ich mir sicher.

Doch noch bevor ich darauf etwas erwidern konnte, wurde er von mir weggeschleudert und ein erbitterter Kampf brach zwischen Furgison und Brian aus.

Sie waren beide fast gleich groß und stark.

Es war unmöglich, abzuschätzen wer gewinnen würde und ich hatte keine Chance Brian zu unterstützen, da ich die Waffe nicht mehr hatte.

Fieberhaft sah ich mich in dem nur schwach beleuchteten Keller um, in der Hoffnung irgendwas zu finden, womit ich zuschlagen konnte.

Die beiden kämpften unterdessen weiter, schenkten sich gegenseitig nichts.

Beide hatten bereits blutende Wunden im Gesicht und ich machte mir zunehmend Sorgen um Brian.

In einer Ecke fand ich endlich etwas, dass ich als Waffe verwenden konnte.

Eine Holzlatte, die etwa einen Meter maß und ich griff sie mir.

Doch kaum hatte ich sie in der Hand, vernahm ich ein gequältes Stöhnen.

Bereits das Schlimmste befürchtend, drehte ich mich zu den beiden um.

Völlig ineinander verkeilt, lagen sie am Boden und rührten sich nicht mehr.

Unmöglich zu erkennen, wer wen verletzt hatte.

Doch ihre Blicke erzählten mir alles.

Während Furgison zufrieden grinste, war Brians wunderschönes Gesicht vom Schmerz verzerrt.

Ich war im ersten Moment wie gelähmt.

Konnte oder wollte nicht glauben, was gerade geschehen war.

Erst als Furgison das Messer aus Brians Bauch wieder herauszog und im Begriff war abermals zuzustechen, löste ich mich aus meiner Starre.

»NEIN!!«, schrie ich aus Leibeskräften und rannte auf die beiden zu. Ich holte aus und schlug Furgison mit dem Holz in meiner Hand, von unten gegen den Arm, sodass sein Messer im hohen Bogen davonflog und er vor Schmerzen aufschrie. »Geh weg von ihm, du Bastard!«, schrie ich weiter und holte erneut aus, um ihm auf den Kopf zu schlagen.

Doch nun war er vorbereitet, fing das Brett ab und riss es mir aus der Hand.

»Lauf weg!«, keuchte Brian kraftlos, doch ich dachte nicht im Traum daran, ihn hier wehrlos im Stich zu lassen.

Die einzige Chance, die es jetzt noch gab, war meine Ausbildung im Kampfsport.

Mit einem gezielten Kick schlug ich Furgison die Holzlatte aus der Hand.

Entgegen meiner Erwartung war er jedoch nicht schockiert oder wenigstens ein wenig erstaunt.

Im Gegenteil sogar.

Er grinste und machte sich bereit, gegen mich zu kämpfen.

Tief durchatmend fixierte ich ihn, versuchte mich auf ihn und nicht Brian zu konzentrieren, der mittlerweile wieder sein Bewusstsein verloren hatte, als Furgison unvermittelt angriff.

Durch seine Kraft und Körpergröße, war er mir bei Weitem überlegen.

Also musste ich schnell sein.

Ich parierte seinen ersten Schlag und versuchte selbst ein paar Schläge zu platzieren.

Aber er wehrte sie ebenso gekonnt ab, wie ich und nun legte er richtig los.

Mit erstaunlicher Geschwindigkeit zeigte er mir, dass ich ihn gewaltig unterschätzt hatte.

Er war ebenfalls im Kampfsport ausgebildet und ich war schneller unterlegen, als ich *verdammte Scheiße* hätte sagen können!

Der letzte Schlag, ging gegen meinen Kopf und alles was ich noch mitbekam, war, dass er mich über seine

Schulter warf und mit mir die Kellertreppe nach oben ging.

Bevor mich die Bewusstlosigkeit überkam, huschten meine Gedanken noch zu Brian.

Er lag nun mutterseelenalleine in diesem schäbigen Keller und würde verbluten.

Keiner war da, um ihm zu helfen oder wenigstens seine Hand zu halten.

Und die Richterin würde erst in ein paar Stunden Verstärkung herschicken.

Er war so gut wie tot.

Als ich wieder zu mir kam, lag ich gefesselt auf einem Bett.

Tränen verschwammen sofort meine Sicht, noch bevor ich Gelegenheit hatte, mich umzusehen.

Brian!

Ob sie ihn mittlerweile gefunden hatten?

Ich hatte keine Ahnung, wie lange ich ohnmächtig war.

Doch der Gedanke daran, dass er höchstwahrscheinlich längst tot war, beherrschte mich mehr, als die Angst über meine momentane Situation.

Jetzt war es doch eh egal, oder?

Ich hatte meinen Job, ja mein ganzes bisheriges Leben für Brian aufgegeben.

Er war der erste Mensch seit Jahren, dem ich wieder mein Vertrauen schenkte.

Überall hin wäre ich ihm gefolgt.

Warum dann nicht auch in den Tod?

Auch wenn wir uns erst kurze Zeit gekannt hatten, war er mir sehr ans Herz gewachsen und ohne ihn, hatte ich niemanden mehr.

Ich war allein.

Doch Brian würde nicht wollen, dass ich aufgab.

Er würde mir einen Arschtritt verpassen, zumindest verbal.

Also schloss ich die Augen und atmete den Schmerz in meinem Herzen weg.

Nach ein paar Minuten öffnete ich sie wieder und sah mich um.

Es war ein kleines Zimmer, welches nur spärlich möbliert war.

Das Bett auf dem ich lag, stand mittig an einer Wand.

Über ihm ein riesiger Spiegel, in dem ich mich selbst sehen konnte.

An der gegenüberliegenden Wand eine Kommode und zwei Türen, die aus dem Zimmer führten.

An der rechten Wand ein großes Fenster, durch das man einen Wald erkennen konnte.

Mehr gab es nicht zu sehen.

Mit aufeinandergepressten Lippen zerrte ich an den Fesseln.

Das raue Seil schnitt sich dabei schmerzhaft in meine Haut, doch ich musste zumindest versuchen, mich zu befreien.

Wenn ich doch nur an diesen verflixten Knoten kommen würde!

Doch ich war weder stark noch schnell genug!

Ohne Vorwarnung wurde die Tür aufgerissen und Furgison stolzierte herein.

Dieser arrogante Mistkerl grinste mich auch noch breit an, während er zu mir kam und sich auf das Bett setzte.

»Na, hast du ausgeschlafen?« Demonstrativ sah ich von ihm weg und antwortete nicht. »Du hast bestimmt Hunger, oder?«, fragte er weiter. »Du musst irgendwann essen, sonst...« Er unterbrach seinen Satz, da ich nun doch zu ihm sah und dabei eine Augenbraue nach oben zog, was ihn zum Schnauben brachte. »So willst du also spielen, ja?« Er packte mich grob am Unterkiefer und kam mir ganz nah. »Ich kann dich auch dazu zwingen, etwas zu essen!«

Mit einem kräftigen Ruck meines Kopfes befreite ich mich aus seinem Griff.

»Du kannst mich mal!«, giftete ich ihn an und sah wieder zur Seite.

Ein Knurren löste sich aus seiner Kehle.

Ihm schien es ganz und gar nicht zu gefallen, dass ich mich ihm widersetzte.

Ruckartig stand er auf, ging aus dem Zimmer und knallte die Tür hinter sich zu.

Kurz darauf entließ er einen Wutschrei, der so laut war, dass ich zusammenzuckte.

Er war stinkwütend!

Ein paar Minuten vergingen noch, in denen ich ihn unentwegt auf und ab laufen hörte, bevor er wieder zu mir ins Zimmer kam.

»So funktioniert das nicht Samantha!«, begann er und kam mit mahnend erhobenen Zeigefinger auf mich zu. »Du musst aufhören, mich zu bekämpfen!«

»Ach, muss ich das?«

»Ja verdammt! Wir sind eine Familie!«, brüllte er.

»Einen Scheiß sind wir! Du bist ein gesuchter Mörder und ich deine Gefangene!«, entgegnete ich und zerrte demonstrativ an meinen Fesseln.

»Du bist nicht meine Gefangene!«, widersprach er mir. »Ich stelle nur sicher, dass du nicht überstürzt handelst.«

Es ging nicht anders, ich musste lachen.

Was er da von sich gab, war einfach zu albern.

»Überstürzt handeln? Du hast Frauen gefoltert und getötet, die aussahen wie ich und du hast meinem Freund ein Messer in den Bauch gerammt!«, entgegnete ich und spürte, wie wieder Wut in mir hochkochte.

»Brian ist der der einzige Mensch auf diesem Planeten, der mir etwas bedeutet und du hast ihn mir höchstwahrscheinlich genommen!«, brüllte ich und Tränen kullerten aus meinen Augen.

Furgisons Atmung hatte sich während meiner Worte immer mehr beschleunigt.

Jetzt hatte ich ihn erst richtig wütend gemacht.

Mit geballten Fäusten stand er da und fixierte mich mit einem Blick, der düsterer nicht hätte sein können.

Nun konnte alles passieren.

Mit etwas Glück hatte ich ihn jedoch so aus der Fassung gebracht, dass er bald einen Fehler beging.

Wenn ich Pech hatte, würde er mich nun verprügeln, vergewaltigen oder sogar töten.

Vielleicht alles davon.

Doch da es ihm anscheinend um eine kranke Form der Familienzusammenführung ging, spekulierte ich auf das Glück.

Es war, als hätte sich die Zeit verlangsamt, während er einfach nur so dastand.

Auf einmal, wie auf ein geheimes Zeichen hin, zückte er sein Messer und stürzte sich knurrend auf mich.

Verdammte Scheiße!

25
Tot

SAMANTHA

Ich unterdrückte ein erleichtertes Aufatmen, als ich merkte, dass er nicht vorhatte mir etwas zu tun.

Er schnitt lediglich das Seil durch, mit dem er mich am Bett fixiert hatte.

Doch das um meine Handgelenke ließ er dran.

»Wenn du versuchst zu fliehen, wirst du es bereuen!«, drohte er mir und ich glaubte ihm sofort, dass er dann endgültig seine Geduld verlieren würde.

Doch konnte mich das abhalten?

Sicher nicht!

Ich musste nur die perfekte Gelegenheit abwarten, um seinen eben begangenen Fehler auszunutzen.

Einfach losrennen, konnte ich nicht.

Er war schneller als ich und mit gefesselten Händen erst recht.

Also musste ich geduldig sein, ihm vorher kräftig etwas auf den Kopf schlagen, damit er ohnmächtig wurde.

Erst dann konnte mir eine Flucht gelingen, da ich mich außerhalb der Stadt befand und mich entweder alleine durch einen mir unbekannten Wald schlagen musste oder Furgisons Auto kurzschließen.

Für beide Optionen brauchte ich ein großzügiges Zeitfenster, sonst würde meine Flucht und vielleicht sogar mein Leben schneller enden, als mir lieb war.

»Da hätte ich wohl auch kaum eine Chance, oder?«, versuchte ich ihn in Sicherheit zu wiegen.

Er grinste wieder, schnappte mich an meiner Fessel und zog mich hinter sich her.

Er ging mit mir die Treppe herunter und nun wusste ich, wo ich mich befand.

Wieder im Haus von Furgisons Mutter.

»Setzt dich«, meinte er, nachdem er mich in die Küche geführt hatte und ließ mich los.

Auf dem kleinen Esstisch standen zwei Teller, Besteck und Gläser und es roch nach Essen.

Ich setzte mich auf einen der beiden Stühle und beobachtete ihn dabei, wie er Nudeln abschüttete und die Soße rührte.

Diese Situation fühlte sich so verdammt surreal an.

Da stand ein Mann am Herd und kochte für mich, der sich nichts mehr von mir wünschte als eine Liebesbeziehung, für die er bereits mehrere Menschen tötete und ich saß währenddessen am Küchentisch unserer gemeinsamen Mutter und sah ihm zu.

Verrückter ging es eigentlich nicht mehr!

Nachdem er alles auf den Tisch gestellt hatte und uns auffüllte, sah ich, was er gekocht hatte.

Ein Kloß bildete sich in meinem Hals.

Warum musste er ausgerechnet Spaghetti Bolognese machen?

Sofort schossen Erinnerungen vom Abendessen mit Brian in meinen Kopf.

Doch Furgison bekam davon nichts mit.

»Lass es dir schmecken Samantha«, meinte er, nachdem er mir den vollen Teller hingestellt hatte.

Demonstrativ hob ich meine Arme.

Was zum Geier dachte er nur, wie ich mit gefesselten Händen essen sollte.

»So wird das etwas schwierig, meinst du nicht?«

Er hob die Augenbrauen und sah mich anschließend entschuldigend an.

»Das hatte ich total vergessen!«, entgegnete er und schnappte sich meine Gabel. »Ich füttere dich einfach.«

Er erhob sich, um seinen Stuhl zu mir zu rücken, doch dass konnte er sich abschminken.

Mit einem Satz sprang ich auf und ging einige Schritte rückwärts von ihm weg.

»Nein! Lieber verhungere ich!«

Furgison ließ den Stuhl los, warf die Gabel zurück, überbrückte mit wenigen großen Schritten den Abstand zwischen uns und drückte mich kraftvoll gegen die Wand.

Ich stöhnte wegen dem stechenden Schmerz in meinem Rücken auf, doch er interpretierte etwas ganz anderes hinein.

»Ja, Baby! Das ist es, was ich von dir hören will!«, raunte er erregt an meinem Ohr.

Mit der einen Hand nahm er die Fessel und hob meine Arme über den Kopf, während er damit begann meinen Hals zu küssen.

Nur einen Augenblick später, packte er mich mit seiner anderen Hand am Hintern und drückte meinen gegen seinen Unterleib.

Nur zu deutlich konnte ich spüren, wie sehr ihm das gerade gefiel.

Ein eiskalter Schauer lief über meinen Rücken.

»Hör auf!«, sagte ich bestimmend und versuchte meine Arme wieder nach unten zu nehmen.

Doch er blieb von meiner Gegenwehr und den Worten vollkommen unbeeindruckt.

Reagierte noch nicht einmal darauf.

Fieberhaft überlegte ich, wie ich aus dieser Situation wieder entkommen konnte, während er immer erregter und wilder wurde.

Küssend wanderte er nach oben, bis seine Lippen über meinen schwebten, sie sogar leicht berührten.

»Komm schon, du willst es doch auch!«, forderte er mich auf.

»Nein!« Meine Stimme überschlug sich leicht. Langsam aber sicher, überkam mich Panik. »Ich will, das du damit aufhörst!«, sagte ich nochmals in aller Deutlichkeit.

Er lächelte und presste uns noch ein wenig mehr aneinander, strich leicht mit seinen Lippen über meine.

»Findest du mich denn so unattraktiv?«

»Dein Aussehen spielt keine Rolle, Furgison. Du hast Brian getötet!«

Seine Mine verdüsterte sich augenblicklich.

Ruckartig löste er sich von mir und schleuderte mich an meinen Fesseln von sich weg, sodass ich schmerzhaft auf dem Boden landete.

»Ich habe dieses Arschloch getötet, damit er nicht mehr zwischen uns steht!«, brüllte er mir entgegen. Sein Gesicht war eine einzige, von Wut verzerrte Maske. »Ich will, dass du mich liebst, MICH!« Er packte mich am Hals, zog mich auf die Beine zurück und presste mich abermals gegen die Wand. »Du gehörst mir! Hast du das verstanden? Nicht Brian oder irgendeinem anderen Wichser auf diesem gottverdammten Planeten! MIR!«

Mittlerweile drückte er so fest zu, dass ich keine Luft mehr bekam und ich spürte regelrecht, wie sich das Blut in meinem Kopf staute.

Mit beiden Händen umfasste ich sein Handgelenk.

Mir war klar, dass ich chancenlos war, mich von seinem Griff zu befreien.

Aber ich hatte die Hoffnung ihm damit bewusst zu machen, dass er gerade dabei war mich zu töten.

Doch sein Griff blieb unerbittlich.

Allmählich verlor ich mein Bewusstsein.

»Bitte«, krächzte ich noch mit letzter Kraft und alles wurde schwarz.

Ich fühlte nichts mehr.

Keinen Schmerz.

Keine Angst.

Keine Trauer.

FURGISON

Meine wunderschöne Samantha brachte mich so sehr aus der Fassung, dass ich alles vergaß!

Warum hing sie nur so an diesem Arschloch?

Brian hatte nichts, was ich nicht auch hatte!

Außerdem war er jetzt tot.

Warum konnte sie ihn dann nicht abhaken und sich auf mich einlassen?

Stattdessen brachte sie mich zur Weißglut, weil sie ihn immer wieder erwähnte!

Ich verstand es einfach nicht.

Meine Raserei legte sich langsam wieder und ich sah in ihre, vor Entsetzen aufgerissene Augen.

»Bitte«, flehte sie noch, bevor sämtliche Kraft ihren Körper verließ.

Nein!

Nein!

»Nein!«

Was hatte ich getan?

Augenblicklich nahm ich meine Hand von ihrem Hals und sie kippte um.

Doch bevor sie auf den Boden schlug, fing ich sie ab und legte sie hin.

Sie atmete nicht mehr.

Auch ihr Herz hatte aufgehört zu schlagen.

Panik schoss durch meine Adern.

Ich hatte bereits mehr als nur ein Leben ausgelöscht.

Keines davon bedeutete mir etwas.

Aber Samantha!

Für sie habe ich all diese Menschen getötet.

Sie war meine Schwester.

Der einzige Mensch, der mir wichtig war!

Sie durfte nicht tot sein.

Ich legte sie auf den Rücken, schnitt schnell ihre Fesseln durch und begann damit sie wiederzubeleben.

Wie konnte ich nur so außer Kontrolle geraten, dass ich sie tötete?

Endlos scheinende Sekunden, wertvolle Zeit verstrich.

Doch sie kam nicht wieder zu mir zurück.

Mit all meiner verbliebenen Kraft und vor Wut auf mich selbst brüllend, schlug ich ihr ein letztes Mal mit der Faust auf die Brust.

Resigniert ließ ich mich auf den Hintern fallen und legte die Hände auf mein Gesicht.

Ich hatte sie getötet.

Mich selbst dem Letzten beraubt, was ich auf dieser Welt noch hatte.

Doch ohne Vorwarnung hörte ich sie plötzlich tief einatmen.

Ungläubig blickte ich sie an.

Sie atmete tatsächlich wieder!

Mehr noch, sie wachte sogar auf und sah mich an.

Hustend, versuchte sie sich aufzurichten, ihr fehlte jedoch die Kraft.

Schnell sprang ich auf die Beine und half ihr sich hinzusetzen und sich dabei an die Wand zu lehnen.

Erst nachdem ich ihr ein Glas Wasser gab und sie es beinahe restlos geleert hatte, beruhigte sich ihr Husten.

»Warum tut mir mein Brustkorb so weh?«, fragte sie mich flüsternd mit kratziger Stimme.

»Ich musste dich wiederbeleben.«

Entsetzt starrte sie mich an und schluckte schwer.

»Warum hast du mich zurückgeholt?«, fragte sie mich ernsthaft. »Du hast mindestens vier Menschen getötet, wäre es auf einen mehr tatsächlich angekommen?«

»Ich habe die Frauen zu mir geholt, weil ich dachte, sie wären du. Nicht um sie umzubringen. Das war nur ein notwendiges Übel. Dich wollte ich niemals töten!«, versicherte ich ihr.

»Und dennoch hast du es getan!«

»Du hast mich zur Weißglut getrieben. Ich verlor die Kontrolle!«, verteidigte ich mich.

»Wie soll es jetzt weitergehen, hm? Darf ich ab sofort nur noch ja und amen sagen, damit du bloß nicht austickst?«

»Nein, aber du solltest dieses Arschloch nicht mehr erwähnen!«

Sie schnaubte.

Klar, dass ihr das nicht gefiel.

Aber er war nun mal ein rotes Tuch für mich, egal ob tot oder lebendig!

SAMANTHA

Ich war tot.

Das war mir bereits bewusst, bevor es mir Furgison sagte.

Ich wollte es nur nicht wahrhaben.

Seine Begründung, warum er mich zurückholte, war für mich glaubhaft.

Auch wenn ich nicht gerade begeistert darüber war, dass er mir indirekt die Schuld an seiner Mordserie gab.

Vorsichtig begab ich mich wieder auf die Beine.

Weil mir schwindelig wurde, hielt ich mich links und rechts von mir an der Wand fest und erst dadurch realisierte ich, dass ich nicht mehr gefesselt war.

Ich ließ es mir jedoch nicht anmerken, damit er nicht auf die Idee kam, wieder welche anzubringen.

Auch er stand nun auf und hielt mich am Arm fest, nachdem ich mich leicht taumelnd von der Wand abgestoßen hatte.

»Es geht schon«, meinte ich und er ließ mich wieder los, sah mir wortlos dabei zu, wie ich aus der Küche ging und den Weg nach oben ansteuerte.

Ich musste mich hinlegen, ein wenig schlafen.

Zu sterben und wieder zurückzukommen, kostete mehr Kraft, als ich vermutet hätte.

Stufe um Stufe erklomm ich die Treppe.

Furgison war immer dicht hinter mir, um mich aufzufangen, sollte ich stürzen.

Dass er sich so rührend um jemanden kümmern konnte, hatte ich ihm gar nicht zugetraut und weckte fast schon Sympathie für ihn in mir.

Aber das änderte nichts an der Situation.

Sobald ich wieder bei Kräften war, würde ich eine sich mir bietende Gelegenheit sofort nutzen, um von hier zu verschwinden.

Bis dahin musste ich mich beherrschen und sein Spielchen mitspielen.

Dennoch würde ich ihm eine Grenze setzen.

Dass ich mit ihm intim wurde, konnte er sich abschminken!

Endlich war ich in dem Zimmer angekommen, legte mich erschöpft auf das Bett und drehte mich zur Seite.

Mir fielen fast sofort die Augen zu, doch dann spürte ich, wie sich die Matratze hinter mir senkte.

Furgison kletterte zu mir auf das Bett und legte sich hinter mich.

Ganz nah rutschte er an mich heran.

Zu nah.

Ohne es kontrollieren zu können, versteifte ich mich am ganzen Körper.

»Keine Angst«, meinte er. »Ich will mich einfach nur zu dir legen und dich in meinen Armen halten.«

»Warum bin ich dir so wichtig?«

»Du bist meine Schwester.«

»Aber du kennst mich kaum und dennoch bist du so besessen davon, mit mir zusammen zu sein, obwohl es nicht richtig ist.«

»Warum sollte es nicht richtig sein?«, fragte er mich erstaunt.

»Du hast es eben selbst gesagt, ich bin deine Schwester. Es ist nicht normal, wenn Geschwister so zusammen sind, wie du es gerne möchtest.«

Er atmete tief durch die Nase ein und wieder aus.

»Früher war es ganz normal, wenn Halbgeschwister heirateten und eine Familie gründeten.«, erklärte er. »Außerdem hat mir meine, unsere Mutter immer gesagt, dass nur wir beide fähig dazu sind einander wahrhaftig zu lieben.« Er schlang seinen Arm um meinen Bauch und zog mich zu sich heran. »Und sie hatte recht damit. In meinem ganzen Leben habe ich niemanden getroffen, der mir wichtig wurde. Doch als ich dich das erste Mal traf, habe ich sofort eine Verbindung zu dir gespürt, auch wenn ich zu diesem Zeitpunkt noch nicht wusste, wer du wirklich bist.«

»Und warum denkst du, muss ich die gleichen Narben tragen, wie du?«, fragte ich ihn weiter aus.

Auch wenn ich nicht in Betracht zog, bei ihm zu bleiben, oder gar eine Beziehung mit ihm zu führen, wollte ich ihn dennoch verstehen.

»Sie entstellen mich und keine Frau würde etwas mit einem entstellten Mann anfangen. Selbst du nicht.«

»Wer hat dir denn diesen Quatsch erzählt?«, wollte ich erstaunt wissen.

»Meine Tante. Jedes Mal, wenn sie mir einen weiteren Schnitt verpasste, um mich zu bestrafen.«

»Deine Tante hat dich belogen!« Ganz sanft, fuhr ich mit meinem Zeigefinger über eine seiner Narben am Arm. Zischend atmete er durch die Zähne ein und versuchte, mir seinen Arm zu entziehen, doch ich hielt ihn fest. »Natürlich achtet jeder, egal ob Mann oder Frau auf das Aussehen. Aber es ist dennoch nicht das Wichtigste.«

»Was meinst du?«, fragte er dazwischen.

»Der Charakter ist entscheidend. Wie man sich verhält und was man tut.«

»Also habe ich mit meinen Taten genau das Gegenteil von dem erreicht, was ich wollte?«

»Ja.«

Er schwieg eine Weile, dachte wahrscheinlich über das Gesagte nach.

»Denkst du, irgendwann über meine Taten hinweg-sehen zu können?«

»Ich weiß es nicht«, antwortete ich ihm ehrlich.

Momentan wusste ich gar nichts mehr.

Ich hielt Furgison für einen Soziopathen.

Kalt, berechnend narzisstisch.

Doch wie es schien, war er einfach nur eine gequälte Seele, die über Jahre hinweg misshandelt und mit falschen Ansichten beeinflusst wurde.

Ohne ihn mit den richtigen Werten für ein normales Leben auszustatten, wie Nächstenliebe, Empathie oder Ethik, wurde er in die Welt hinausgeschickt und sich selbst überlassen.

26
Schockierende Erkenntnis

SAMANTHA

Ein Monat.

So lange war ich nun schon bei Furgison.

Zwei Tage nachdem ich fast gestorben wäre, schlich ich durch das Haus und versuchte einen Weg nach draußen zu finden.

Leider musste ich feststellen, dass die Fenster vergittert und die Türen verriegelt waren.

Zu allem Überfluss musste Furgison meinen Fluchtversuch mitbekommen haben.

Er sagte zwar nichts, schloss aber ab der darauffolgenden Nacht, meine Zimmertür zu.

Die einzige Chance bestand nur noch aus dem ursprünglichen Plan.

Ihn K.O. schlagen und dann abhauen.

Das Problem an diesem Plan bestand allerdings darin, dass ich nicht wusste, wo er den Schlüssel für die Haustür hatte.

Mit viel Pech setzte ich Furgison außer Gefecht und würde ihn nicht finden.

Und dann?

Aber ihm schien bewusst zu sein, dass dies meine einzige Option war und ließ mich nie aus den Augen.

Es war zum verrückt werden!

Solange ich mich nicht zu einhundert Prozent auf ihn einließ, in allen Belangen, würde er mir niemals genug vertrauen, um ihn überlisten zu können.

Doch so verzweifelt war ich nicht.

Noch nicht.

Ich fragte mich jedoch ständig, ob irgendwann für mich der Tag X da sein würde, an dem ich bereit wäre, mit ihm zu schlafen, um an mein Ziel zu kommen.

Oder würde ich sogar das Stockholm-Syndrom entwickeln?

Durch meine Ausbildung und mein Wissen über dieses Syndrom, war die Wahrscheinlichkeit dafür zum Glück gering.

Aber eine Garantie gab es natürlich nie.

Wie sollte ich nur jemals ohne Hilfe hier raus kommen?

Es gab keinen, der nach mir suchte.

»Wo bist du nur wieder mit deinen Gedanken?«, riss mich Furgison plötzlich aus meinen Grübeleien und setzte sich neben mich auf das alte Sofa.

»Hm?«

»Deine Gedanken, wo sind sie? Du starrst mal wieder aus dem Fenster.«

»Ach, nicht so wichtig«, entgegnete ich und machte eine wegwerfende Handbewegung.

»Du lässt mich nicht an deinen Gedanken teilhaben«, stellte er fest und lächelte mich an. »Warum nicht?«

»Weil sie das Einzige sind, was mir noch geblieben ist«, entgegnete ich ehrlich, auch wenn ihm meine Antwort offensichtlich nicht gefiel.

Sein Lächeln verschwand und er atmete einmal tief durch.

»Irgendwann wirst du dich daran gewöhnen, bei mir zu sein.«

»Mich daran gewöhnen? Ist das deine Definition, einer funktionierenden Beziehung?«

Er zog die Augenbrauen zusammen und sprang auf.

»Nein, sicher nicht!«, entgegnete er sauer. »Aber es ist das Beste, was ich mir von dir erhoffen kann.«

»Das ist aber nicht meine Schuld!«, schleuderte ich ihm entgegen und stand nun auch auf, damit ich mich wenigstens einigermaßen auf Augenhöhe mit ihm unterhalten konnte. »Du hast wegen mir getötet, mich entführt und hältst mich hier gefangen! Das ich mich mit dir unterhalte, ist schon mehr, als du verdient hast!«

Er hielt seine Wut zurück, das war ihm deutlich anzusehen.

Seine beschleunigte Atmung konnte er allerdings nicht unterdrücken.

»Akzeptiere einfach, dass du jetzt zu mir gehörst!«, forderte er.

»NIEMALS!«

Ich rechnete schon damit, dass er mich schlagen würde, als dieses tiefe Knurren aus seiner Kehle drang.

Doch nicht damit!

Blitzschnell packte er mein Gesicht mit den Händen, zog mich zu sich heran und küsste mich.

Im ersten Moment war ich vollkommen überfordert, ließ es einfach geschehen.

Als er jedoch seine Zunge in meinen Mund steckte, begann ich mich zu wehren.

Ich schlug nach ihm, trat ihn, doch er ließ sich nicht beirren.

Es machte eher den Eindruck, als würde ihn das noch mehr anheizen!

Verzweifelt biss ich ihm in die Zunge und er löste sich endlich von mir.

Doch zu meinem Entsetzen schien ihn der Biss nicht wie erhofft abzuschrecken.

Schwer atmend starrte er mich an und ich stolperte einige Schritte rückwärts, um Abstand zwischen uns zu bringen.

»Hör auf, verdammt!«, schrie ich. Er schüttelte jedoch nur langsam den Kopf, ließ mich nicht aus den

Augen und ging wie ein Raubtier auf mich zu. »Bitte!«, flehte ich schon fast.

»Ich war geduldig, ich war nett, ich war verständnisvoll! Aber jetzt ist Schluss damit! Du wirst dich mir jetzt hingeben!«, brüllte er voller Zorn.

»Du willst mich vergewaltigen? Gewalt ist wohl deine Lösung für alles, oder?«, entgegnete ich ihm mutig.

Das war ich jedoch nicht.

Mir ging der Arsch gerade auf Grundeis!

Natürlich musste ich vom ersten Tag an, jeden einzelnen Moment damit rechnen, dass er über mich herfallen würde.

Doch jetzt, wo er kurz davor stand, hatte ich schlicht und ergreifend panische Angst!

Meine Worte schienen allerdings wie eine kalte Dusche auf ihn zu wirken.

Seine Körperhaltung entspannte sich ein wenig und sein Gesichtsausdruck hätte nicht schockierter sein können.

Er schien wohl doch seine Grenzen zu haben.

Oder gab es die nur bei mir?

Jedenfalls war er sich wohl nicht darüber im Klaren, was er im Begriff war zu tun.

Fluchend stürzte er aus dem Zimmer, verschwand im angrenzenden Raum und knallte die Tür hinter sich zu.

FURGISON

Mich als Mistkerl zu bezeichnen, wäre noch viel zu harmlos!

Ich hatte Frauen verletzt.

Ich hatte Frauen getötet.

Ich hatte Brian umgebracht, wohlwissend, wie viel er Samantha bedeutete.

Aber sie vergewaltigen?

Nur bei dem Gedanken daran, was ich eben beinahe getan hätte, kroch Wut durch meine Adern.

Auf mich.

Auf meine Tante.

Auf meine Mutter und alle anderen die Schuld daran trugen, dass ich so wurde, wie ich war.

Ein Monster!

Ich war derjenige, vor dem Väter ihre Töchter warnten.

Ich war derjenige, nach dem sich Frauen umsahen, wenn sie nachts alleine nach Hause liefen und das Gefühl hatten verfolgt zu werden.

Mir war das alles bewusst und ich hasste es!

Doch ich kam nicht dagegen an, es war wie ein Zwang, ein innerer Dämon, der seine bluttriefenden Klauen in mich geschlagen hatte und mich damit lenkte.

Eigentlich sollte ich Samantha gehen lassen.

Sie vor mir selbst beschützen.

Aber ich konnte nicht!

Samantha war mein Lebenselixier.

Vielleicht sogar meine Heilung!

Denn sie hielt mir einen Spiegel vor und was ich darin erkannte, gefiel mir nicht.

Sie musste mich zu einem Menschen machen, das Monster aus mir herausschneiden.

Ohne sie war ich verdammt!

Nachdem ich mich beruhigen konnte, beschloss ich, zu ihr zu gehen.

Sie saß wieder auf dem abgewetzten Sofa, auf dem ich bereits als kleiner Junge saß und schaute aus dem Fenster.

Bevor ich mich jedoch zu ihr begab, holte ich aus der Schublade einer Kommode ein altes Fotoalbum heraus.

Es war an der Zeit, ihr unsere Mutter vorzustellen.

Langsam, um sie nicht zu erschrecken, ging ich zu ihr und setzte mich neben sie.

Ich sah, wie sie sich anspannte.

Sie hatte Angst.

»Ich... also das...«, stotterte ich dumm herum. Ich schloss die Augen und atmete einmal tief durch. »Es tut mir leid!«, brachte ich endlich heraus.

Das erste Mal in meinem Leben, dass ich diese Worte sagte und es fühlte sich... gut an.

Samantha drehte sich zögernd zu mir um und sah mir einige Sekunden forschend in die Augen.

Dann fiel ihr Blick auf das Album auf meinem Schoß.

»Was ist das?«, fragte sie leise.

»Fotos meiner Familie. Es sind nicht viele Bilder darin, da Mutter nach deiner Entführung nicht mehr fotografierte, aber ich will es dir dennoch zeigen.«

Sie zog ihre Augenbrauen nach oben und setzte sich um, damit sie mit mir zusammen hineinsehen konnte.

Als ich es aufschlug, sah man zuerst ein paar Bilder von mir als Baby und auf jeder Seite, war ich ein Jahr älter.

»Du warst ein süßer Junge«, merkte sie an, als uns mein achtjähriges ich entgegenblickte. »Aber so unglaublich traurig.«

»Dieses Foto wurde aufgenommen, als meine Tante mich schon seit vier Jahren bestrafte«, erklärte ich.

»Ja, man kann ganz deutlich erkennen, wie langsam aber sicher aus einem fröhlichen Kind, ein todunglücklicher Junge wurde.«

Hätte ich sie doch nur schon früher gefunden!

All die schrecklichen Dinge die ich tat, wären nie passiert.

Als ich weiterblätterte, sah man das erste Bild meiner Mutter.

Samantha keuchte plötzlich und sprang auf.

»Was ist los?«

»Ist das deine... ist das unsere Mutter?«, fragte sie mit schriller Stimme.

»Ja, warum?«

Sie wurde kreidebleich, fasste sich an die Stirn und begann zu taumeln.

Ich stand schnell auf, um sie zu halten und half ihr, sich zu setzen.

Geduldig wartete ich darauf, dass sie sich wieder beruhigte.

SAMANTHA

Ich war fassungslos!

Konnte das tatsächlich sein?

Ich nahm das Fotoalbum und schlug es wieder auf. Ich musste sicher sein.

»Seit ich sieben Jahre alt war, habe ich immer wieder eine Frau gesehen«, begann ich zu erzählen, während ich das Bild meiner Mutter anstarrte. »Sie redete nicht mit mir und verschwand sofort, wenn ich ihr zu nahe kam oder jemand anderen auf sie aufmerksam machte. Das letzte Mal sah ich sie, als ich auf mein Taxi zum Flughafen wartete, kurz vor meiner Ausbildung beim FBI. All die Jahre hatte ich die Befürchtung, nicht ganz richtig im Kopf zu sein, sie mir nur einzubilden. Meine Mum hatte mich sogar zu einem Psychologen geschickt.« Ich atmete tief durch und sah Furgison in die Augen. »Und nun sitze ich hier und du zeigst mir ein Bild dieser Frau. Der Frau, die ich all die Jahre immer wieder sah und sagst mir, sie ist meine Mutter!«

Furgison klappte der Mund auf.

Die Erkenntnis darüber schien ihn ebenso fassungslos zu machen, wie mich.

»Sie wusste, wo du bist?«, fragte er und Wut schwang in seiner Stimme mit.

»Ja, immer.«

»Warum hat sie mir nichts gesagt? Und woher wusste sie, wo sie dich finden kann?«

»Das kann ich dir nicht beantworten«, entgegnete ich.

Doch meine Antwort stimmte nur zum Teil.

Ich vermutete etwas.

Dass sie ihm nicht verriet, wo ich war, lag vielleicht daran, dass sie nicht wusste, was er dann mit mir machen würde.

Und meinen Aufenthaltsort konnte sie eigentlich nur von einer einzigen Person kennen.

Doktor John Levitt.

Meinem Vater.

Doch das verriet ich Furgison nicht.

Ihm war durchaus zuzutrauen, dass er John dafür töten würde und ich hatte noch zu viele Fragen an meinen Erzeuger, die nur er mir beantworten konnte.

»Mein Leben wäre ganz anders verlaufen, wenn ich dich früher gefunden hätte!«

»Und meines, wenn sie niemals aufgetaucht wäre.«

Er lehnte sich seufzend zurück und fuhr sich mit beiden Händen über das Gesicht.

»Der einzige der wusste, dass du existierst und auch die Möglichkeit hatte, dich im Auge zu behalten, ist John«, meinte er plötzlich und sah mich prüfend an.

Ich hatte befürchtet, dass er selbst auf ihn kommen würde.

»Das kannst du nicht mit Sicherheit sagen«, versuchte ich ihn zu verunsichern. »Vielleicht hat sie ja einen Privatdetektiv beauftragt?«

»Dafür hatte sie nicht das Geld!«, zerschmetterte er meinen Ablenkungsversuch und sprang auf. »Ich werde diesen Mistkerl eigenhändig erwürgen!«

»Das wirst du nicht!«

Verwundert sah er mich an.

»John hat auch dir das Leben versaut!«

»Und dafür hat er den Tod verdient?«

Er schnaubte und setzte sich wieder zu mir.

»Dann werde ich ihm eben nur kräftig eins aufs Maul hauen«, ruderte er zurück und sah mich fragend an.

Ich war erstaunt, weil er mich tatsächlich um Erlaubnis zu bitten schien.

Ohne Zweifel hatte er sich in letzter Zeit sehr verändert.

Aus einem kalten Killer wurde ein unbeherrschter Mann, der damit begann die Selbstreflexion für sich zu entdecken.

Zumindest bei mir, in diesem Haus.

Wie es in der Außenwelt aussehen würde, konnte ich nicht beurteilen.

Aber dass er eindeutig kein Soziopath war und nicht töten musste, sondern es nur als nötig erachtet hatte, bei seiner selbstauferlegten Mission mich zu finden, gab mir Hoffnung.

Hoffnung, dass diese Geschichte doch noch ein einigermaßen gutes Ende finden könnte, wenn auch nicht für alle.

Über Brians Tod war ich nach wie vor nicht hinweg und würde Furgison auch niemals verzeihen, dass er ihn getötet hatte, aber ich erkannte nun, dass ich ihm helfen konnte.

Er musste es nur zulassen.

»Meinetwegen«, gab ich mich geschlagen. »Aber vorher möchte ich mit ihm reden, verstanden?«

»Ich habe so meine Zweifel, dass er mit der Sprache rausrückt.«

»Er hat auch seine Vaterschaft zugegeben, als ich ihn darauf ansprach und er ist mir diese Antworten schuldig!«

Furgison nickte zustimmend.

»Ok, ich werde ihn morgen schnappen und herbringen.«

»Aha und dann?«

»Was meinst du?«, hakte er verwirrt nach.

»Na wenn du ihn herbringst, kannst du ihn nicht mehr gehen lassen, weil er dann ja weiß wo du dich versteckst.«

»Ich verbinde ihm die Augen«, schlug er vor.

»Die ganze Zeit über, bis du ihn wieder zurückgebracht hast? Denn er kennt dieses Haus, ist hier ein und aus gegangen.«

»Scheiße, du hast recht!« Er fuhr sich mit der Hand über den Nacken und dachte einen Moment nach. »Und wie wäre es, wenn ich dich mitnehme? Ich fessle dich und leg dich in den Kofferraum, damit dich keiner sieht. Anschließend schnappe ich mir John und fahre irgendwo in die Pampa, wo du ihm deine Fragen stellen kannst. Ich kutschiere ihn zurück, verpasse ihm eine und wir beide kommen wieder hier her.«

Diese Variante gefiel mir ebenso wenig, aber eine bessere Idee hatte ich auch nicht.

27

Nächtlicher Besuch

SAMANTHA

Nachdem ich mit Furgison alles besprochen hatte, ging ich schlafen.

Ich war unglaublich müde.

Doch wie mir der Blick auf die Uhr verriet, hatte ich gerade einmal zwei Stunden geschlafen, als ich durch ein Geräusch wach wurde.

Es hörte sich an, als käme es vom Schloss meiner Zimmertür.

Ich stand schnell auf und schlich rüber, um hinter der Tür zu sein, sobald sie geöffnet wurde.

Da Furgison der einzige sein konnte, der durch diese Tür kam, konnte das nur eines bedeuten.

Er startete einen erneuten Versuch, mich dazu zu bringen mit ihm zu schlafen.

Die Tür öffnete sich und er ging in mein dunkles Zimmer.

Leise trat ich hervor und schlich mich an.

Doch noch bevor ich etwas tun konnte, drehte er sich in einer schnellen Bewegung um, packte mich, drückte mich gegen die Wand und hielt mir den Mund zu.

Völlig fassungslos starrte ich ihn an.

Denn *er* war nicht Furgison!

»Sam«, flüsterte er und ließ mich los. »Geht es dir gut?«

Ich nickte mechanisch und streckte meine Hand aus, um ihn anzufassen.

Als ich seine Wange berührte, schluchzte ich auf.

Er war tatsächlich da!

»Brian! Ich dachte, du bist tot!«, hauchte ich.

Bevor er etwas sagen konnte, fiel ich ihm um den Hals.

Er schlang seine Arme um mich und vergrub sein Gesicht an meiner Halsbeuge.

»War ich auch fast.« Brian löste sich viel zu schnell wieder von mir und sah mich eindringlich an. »Ich erzähle dir später alles, aber jetzt muss ich dich hier raus bringen!«

»Was ist mit Furgison?«, wollte ich noch wissen.

»Um den kümmert sich gleich die Sondereinheit der Richterin. Sie sind in Stellung und warten auf mein Kommando.«

Ich nickte.

Er nahm meine Hand, zog mich aus dem Zimmer in den Flur und die Treppe herunter.

»Lass sie sofort los!«

Erschrocken zuckten wir zusammen und fuhren herum.

Furgison stand im Türrahmen zur Küche und fixierte Brian mit einem bitterbösen Blick.

»Es reicht Rick!«, begann Brian und schob mich hinter sich. »Du wirst Sam und mich jetzt gehen lassen.«

»Und was wenn nicht, hm?«, fragte er grinsend und kam einen Schritt auf uns zu. »Eine Wiederholung von letztem Mal?« Noch ein Schritt. »Du weißt, dass ihr keine Chance gegen mich habt!«

Im selben Moment, in dem Brian sich abwenden wollte, um mit mir zu verschwinden, setzte Furgison zum Sprung an und stürzte sich auf ihn.

Dabei wurde ich weggestoßen und knallte unsanft mit dem Kopf gegen die Wand.

Leicht verschwommen konnte ich sehen, wie die beiden auf dem Boden lagen und miteinander kämpften.

»Furgison, hör auf!«, schrie ich verzweifelt, was ihn einen Moment ablenkte.

Brian nutzte diese Gelegenheit augenblicklich und schlug ihm mit der Faust ins Gesicht.

Dieser rollte seitlich weg, wodurch Brian in Windeseile aufstehen und nach seiner Waffe greifen konnte.

Er richtete sie auf Furgison, der sich nun ebenfalls auf seine Füße begab.

»Du hast wohl Angst, in einem fairen Kampf zu verlieren, was?«, höhnte dieser und grinste Brian an.

»Es geht hier nicht darum, zu beweisen, wer der Stärkere ist! Sondern darum Sam zu retten und dich zu verhaften!«

Furgison lachte lauthals.

»Tut mir ja wirklich leid, aber mir Samantha wegzunehmen, wird dir auch mit deiner Waffe nicht gelingen.«

Kaum hatte er ausgesprochen, setzte er zu einem gezielten Kick an, trat Brian die Pistole aus der Hand und stürzte sich wieder auf ihn.

Abermals entbrannte ein erbitterter Kampf zwischen den beiden.

Ich musste etwas unternehmen!

Brian hatte tatsächlich keine Chance gegen ihn.

Dafür beherrschte Furgison den Kampfsport viel zu gut.

Zum Glück konnte ich wieder einigermaßen klar sehen und beschloss nach der Waffe zu suchen, die weggeschleudert wurde.

Es dauerte eine Weile, bis ich dieses blöde Ding endlich unter einer Kommode hervorblitzen sah.

Ich schnappte sie mir und drehte mich wieder zu den beiden um.

Brian lag bereits völlig fertig am Boden, während Furgison ihn fest im Würgegriff hatte.

Er zog in dem Moment sein Messer, als ich die Waffe auf ihn richtete.

Dieser verdammte Mistkerl wollte Brian schon wieder abstechen.

Doch dieses Mal zielte er auf sein Herz!

»Nein!«, schrie ich und Furgison sah zu mir hoch. »Tu das nicht, bitte!«

»Du wirst niemals mir gehören, solange er lebt«, brüllte er.

»Völlig egal ob Brian am Leben ist oder tot, ich würde mich immer für ihn und nicht für dich entscheiden!«, schleuderte ich ihm entgegen und zog den Hahn an der Waffe zurück. »Also bitte zwing mich nicht dazu, dich zu erschießen! Denn das werde ich, wenn du Brian nicht loslässt!«

Entschlossen ging ich einen Schritt auf ihn zu.

»Ich kann dich nicht gehen lassen, Samantha. Ohne dich bin ich ein Nichts!«, entgegnete er und holte mit dem Messer in der Hand aus, um es Brian in die Brust zu rammen.

Ich drückte ab.

Entsetzt starrte mich Furgison an, bevor er zur Seite wegkippte und röchelnd am Boden liegen blieb.

Sofort rannte ich hin und nahm das Messer an mich, bevor ich nach Brian sah.

Er war bewusstlos, aber lebte.

»Samantha«, hörte ich Furgison, schwach meinen Namen sagen.

Ich kniete mich zu ihm und nahm seine Hand.

»Es tut mir leid, Rick«, flüsterte ich.

»Nein, du hast das Richtige getan.« Er hustete und Blut kam dabei aus seinem Mund. »Ich hätte dich niemals gehen lassen und dich damit ins Unglück gestürzt.« Er hob seine freie Hand und strich mit den Fingerspitzen über meine Wange. »Schwesterherz«, hauchte er noch mit seinem letzten Atemzug und schloss dann für immer die Augen.

Eine einzelne Träne kullerte über meine Wange.

Ja, ich war traurig über seinen Tod.

Ich wollte ihm helfen, denn letztendlich war er auch nur ein Opfer.

Wenn er keine so grausame Tante gehabt hätte, wäre ein ganz anderer Mensch aus ihm geworden.

»Sam«, krächzte nun Brian hinter mir und ich drehte mich zu ihm um.

»Ich bin hier, es geht mir gut!«, versicherte ich und gab ihm einen Kuss auf die Stirn.

Nachdem die Spezialeinheit ins Haus kam und die Kontrolle übernahm, brachte ich Brian ins Krankenhaus.

Er wurde von Kopf bis Fuß untersucht.

»Abschließend kann ich ihnen sagen Mr. Moore, dass sie keine ernsthaften Verletzungen erlitten haben. Sowohl die Röntgenaufnahmen als auch der Ultraschall waren unauffällig«, klärte uns der behandelnde Arzt auf.

»Perfekt!«, meinte Brian lächelnd und wollte aufstehen, doch der Arzt hielt ihn auf.

»Ich möchte sie mindestens noch eine Nacht bei uns behalten, da wir eine Gehirnerschütterung nicht gänzlich ausschließen können.«

»Das kommt nicht in Frage! Ich lag, wie sie ja wissen, lange genug im Krankenhaus herum. Ich will jetzt nach Hause.«

»Sie sind natürlich erwachsen und dürfen sich selbst entlassen. Aber sie sind auch Polizist und ich möchte mich nicht gezwungen sehen, ihren Vorgesetzten darüber zu informieren!«, warnte der Arzt und mir platzte der Kragen.

»Sein Boss ist der letzte, der sich für Mr. Moore interessiert! So traurig das auch ist, da er schließlich sein Sohn ist. Und ich kann sehr gut auf ihren Patienten achtgeben.«

»Ist das so?«, zeigte sich der Weißkittel unbeeindruckt. »Was haben sie denn vor zu tun, wenn er Anzeichen einer Gehirnerschütterung zeigt, vorausgesetzt sie erkennen diese überhaupt!?«

»Jetzt schön brav zuhören, Doktor. Vielleicht lernen sie ja noch was!«, meinte Brian breit grinsend, legte sich auf das Bett zurück und verschränkte die Arme hinter dem Kopf.

»Eine Gehirnerschütterung, oder Commotio cerebri, kann zu mittleren bis starken Kopfschmerzen führen, welche auch oft mit Schwindel, Übelkeit und Erbrechen einhergehen. Des Weiteren, könnte bei manchen Menschen auch eine gewisse Lichtempfindlichkeit oder Geruchs- und Geschmacksstörungen auftreten. Da Mr. Moore nur sehr kurz bewusstlos war, muss man bei ihm nicht von einer schweren Gehirnerschütterung ausgehen und es ist deshalb nicht notwendig, ihn hierzubehalten. Sollte er jedoch genannte Symptome aufzeigen, werde ich ihm ein paar Tage Bettruhe verordnen und ihm falls notwendig, Schmerztabletten oder ein Mittel gegen die Übelkeit verabreichen. Lesen und fernsehen sind dann, bis es ihm wieder gut geht, natürlich tabu um die eventuellen Schmerzen nicht auch noch zu verstärken.« Lächelnd sah ich den Arzt an, der mich ungläubig und mit offenem Mund ansah. »Ach und ich bin die ganze Zeit bei ihm«, fügte ich noch augenzwinkernd mit an.

Brian lachte leise, begab sich auf die Beine und nahm meine Hand.

»Ich denke, es wurde alles gesagt.« Er klopfte dem verdatterten Arzt noch freundschaftlich auf die Schulter und zog mich dann mit sich nach draußen.

Als wir bei Brian angekommen waren, gingen wir erstmal unter die Dusche und zogen uns um.

Völlig hinüber schmissen wir uns auf das Sofa, nachdem wir uns Tiefkühlpizza in den Ofen geschmissen hatten und kuschelten uns aneinander.

»Nicht dass du jetzt denkst, ich wäre nicht glücklich darüber, aber verrätst du mir nun, wieso du noch lebst? Denn deinem Blutverlust nach zu urteilen, müsstest du tot sein.«

Brian atmete tief durch und gab mir einen Kuss auf den Scheitel.

»Es war verdammt knapp. Vier Tage war ich ohne Bewusstsein und die Ärzte meinten, dass meine Überlebenschance wohl bei maximal zehn Prozent lag.«

Ich richtete mich auf und sah ihn schockiert an.

»Zehn Prozent?!«

Er nickte.

»Ja. Aber ich habe es geschafft, denn irgendjemand musste dich ja aus Ricks Klauen retten.« Brian zog mich zurück in seine Arme. »Jedenfalls rief ich sofort, nachdem ich wieder klar denken konnte, Deputy Larkin an. Er unterstützte mich voll und ganz. Er war es auch, der einem Impuls folgend zu dem Haus von

Ricks Mutter fuhr und entdeckte, das Licht brannte. Das war ein Tag, bevor ich entlassen worden wäre.«

»Und dann bist du direkt zu mir gekommen?«, fragte ich dazwischen.

»Ich bin sofort aufgesprungen, habe mich angezogen und Larkin beauftragt Richterin Stanton anzurufen, damit sie mir ihre Spezialeinheit schickt. Und nachdem ich mit ihnen alles besprochen hatte bin ich ins Haus.«

»Mein Retter in der Not«, hauchte ich und küsste ihn am Hals.

»Aber ich glaube, deine letzten Wochen waren aufregender als meine, oder?«, fragte Brian und stand auf.

Er holte unser Essen aus dem Ofen und ich erzählte ihm dann, was mir alles bei Furgison widerfuhr.

Dass ich kurzzeitig tot war, verschwieg ich ihm ebenfalls nicht.

Brians Kiefer mahlten, als er das hörte.

Wäre Furgison nicht schon tot, würde Brian ihm spätestens jetzt ein grausames Ende bereiten.

»Der Tag, bevor du gekommen bist, war auch sehr heftig«, erzählte ich weiter.

»Heftiger als zu sterben?«, unterbrach er mich direkt.

»Nein, auf eine andere Art heftig.«

Ich erzählte ihm davon, dass Rick kurz davor war mich zu vergewaltigen und von meiner Mutter.

»Wow, das ist wirklich übel!«

»Ich möchte morgen zu meinem Vater«, verkündete ich, woraufhin mich Brian fragend ansah. »Er ist der Einzige, der hätte wissen können, wo ich zu finden bin und ich will endlich die volle Wahrheit. Nur so kann ich damit abschließen und mich auf meine Zukunft konzentrieren!«

BRIAN

Alleine bei der Vorstellung, was Furgison ihr alles angetan hatte, loderte blanker Hass in mir auf!

Auch wenn sie mir erzählte, dass er sich verändert hatte und selbst nur ein Opfer sei, war er dennoch ein Mörder und unberechenbar.

Jedenfalls beschäftigten sie die Geschehnisse der letzten Wochen mehr, als sie sich anmerken ließ.

Da war ich mir sicher.

Selbst ich hatte meine Probleme damit klar zu kommen und habe bei weitem weniger durchmachen müssen als sie.

Um so wichtiger, dass sie ihren Abschluss bekam und mit John sprach.

Ich hoffte nur, dass sie auch die Antworten von ihm bekommen würde, die sie brauchte.

Sie lag neben mir und schlief.

Ich beobachtete ihre tiefen Atemzüge, die kleinen Zuckungen ihrer sich entspannenden Muskeln und fuhr mit meinem Blick ihre feinen Gesichtszüge nach, die sanft vom hereinfallenden Mondlicht erhellt wurden.

Noch immer konnte ich nicht fassen, dass ich sie wieder hatte.

Samantha Blake.

Die wenigen Tage, die ich mit ihr gemeinsam verbrachte, hatten ausgereicht, um meine Einstellung zu Beziehungen, komplett über den Haufen zu werfen.

Hätte mir vorher jemand gesagt, ich würde irgendwann eine Frau treffen, bei der ich nicht nur einen One-Night-Stand oder eine Affäre haben wollte, ich hätte ihn ausgelacht!

Und dabei hatte sie es nicht mal darauf angelegt.

Nun mussten wir nur noch herausfinden, wie es weitergehen sollte.

Doch das hatte noch etwas Zeit.

Erstmal gab es Wichtigeres.

Nachdem am nächsten Morgen mein Wecker geklingelt hatte, drehte ich mich zu Sam um.

Sie schlummerte noch tief und fest.

Sanft strich ich ihr die Haare aus dem Gesicht und gab ihr einen Kuss auf die Stirn, doch sie drehte sich mit dem Rücken zu mir und schlief einfach weiter.

Ohne dass auch nur ein Blatt noch zwischen uns gepasst hätte, rückte ich an sie heran und umarmte sie.

Scheiße, fühlte sich das gut an!

Am liebsten hätte ich sie jetzt so lange mit meinen Händen verwöhnt, bis sie von ihrem Höhepunkt geweckt wird.

Schon letzte Nacht wollte ich mich über sie hermachen, aber sie bestand darauf zu warten, bis meine geprellten Rippen verheilt waren und ich dabei keine Schmerzen mehr haben würde.

Natürlich hatte sie recht, aber meine Libido war eindeutig anderer Meinung.

Zumal ja auch Nachholbedarf bestand!

Ich vergrub meine Nase in ihrem Haar und atmete tief ein und erst jetzt wurde mir bewusst, wie sehr ich ihren Geruch vermisst hatte!

Ohne dass ich mich noch davon abhalten konnte, küsste ich mich von ihrer Schulter ihren Hals hinauf, bis unterhalb ihres Ohres, während meine Hand über ihren Körper strich, der nur in einem engen Top und Höschen steckte.

Gerade als ich mit meinen Fingerspitzen unter den Bund ihres Slips schlüpfte, räusperte sich Sam.

Verdammt!

»Habe ich denn so lange geschlafen, dass deine Rippen bereits verheilt sind?«, fragte sie prompt und drehte sich zu mir um.

»Es geht mir bestens!«, versuchte ich so glaubwürdig wie möglich zu sagen und grinste.

Sie ließ sich davon jedoch nicht beeindrucken und drückte leicht in meine verletzten Rippen.

Scharf zog ich die Luft zwischen den Zähnen ein, ohne es unterdrücken zu können.

Sie hob eine Augenbraue hoch und nahm ihre Hand wieder weg.

»Soso, das nennst du also gut?«

»Ich könnte mich auf den Rücken legen und du setzt dich auf mich«, schlug ich vor.

Sam tippte sich mit dem Zeigefinger auf die Unterlippe, als würde sie ernsthaft darüber nachdenken.

Doch ihre Mimik verriet mir, dass sie meinen Vorschlag nicht wirklich in Erwägung zog.

»Tut mir leid, aber du musst dich noch mindestens eine Woche schonen.«

»Willst du mich foltern?«, reagierte ich entsetzt. Eine Woche?!

»Glaub mir, für mich ist das auch nicht einfach«, versicherte sie mir und legte ihre Hand auf meine Wange. »Ich dachte, du wärst tot, für immer verloren! Nun bist du hier bei mir und ich kann dich berühren, deine Wärme spüren. Nichts würde ich im Moment lieber tun, als mit dir zu schlafen. Aber die Gefahr, dir dabei weh zu tun oder dich sogar noch mehr zu verletzen, ist mir einfach zu groß. Lieber halte ich mich die nächsten

Tage zurück und wir können es dann auch genießen, ohne Angst oder Schmerzen.«

Ich seufzte schwer und gab ihr einen Kuss.

»Warum musst du immer recht haben, hm?«

»Weil ich klüger bin als du!«, entgegnete sie mir frech und sprang aus dem Bett, bevor ich sie erwischen konnte. »Und jetzt zieh dich an, damit wir zu Doktor Levitt können«, befahl sie, woraufhin ich mich mühsam aus dem Bett quälte und anzog.

Ich befolgte lieber ihre Anweisungen, bevor es mir noch so erging wie meinem Vater oder dem Arzt gestern.

Denn sie konnte ganz schön garstig werden!

Während unserer Fahrt zum Department rief Sam Carol Monroe an, um sie darüber zu informieren, dass Furgison tot war.

Eine geschlagene halbe Stunde telefonierten sie miteinander, so dass wir noch eine Weile vor dem Gebäude standen.

Als wir dann endlich hineingingen, sah mich Deputy Larkin erstmal etwas verwirrt an.

»Sind sie nicht krank geschrieben?«

»Bin ich. Wir müssen zu Doktor Levitt. Ist er da?«

»Ja, wie immer im Keller.«, beantwortete er meine Frage und grinste.

Er hatte sich in den letzten Wochen ganz schön gemausert!

Aus dem schüchternen und unsicheren Anfänger, wurde ein richtiger Deputy.

»Gut, dann werden wir mal runter gehen, danke.«

Auf dem Weg nach unten, war Sam ungewöhnlich still, blieb schließlich vor der Tür zur Pathologie stehen und knetete ihre Finger.

»Du bist nervös, hm?«, fragte ich sie sanft und sie sah zu mir auf.

Ihre wunderschönen blauen Augen verrieten mir alles.

Sie hatte Angst, war verunsichert und gleichzeitig voller Erwartungen.

»Ich habe einen unbesiegbar scheinenden Serienkiller bezwungen, davor auch schon einige andere Mörder und jetzt steh ich hier und traue mich nicht durch diese Tür zu gehen!«, meinte sie verärgert über sich selbst.

»Jeder hat seine Achillesferse, Sam. Und deine ist die Vergangenheit.«

»Aber als ich ihn mit meinem Wissen darüber konfrontierte, dass er mein Vater ist, war ich doch auch nicht so nervös.«

»Seitdem ist aber viel passiert, vergiss das nicht.«

Sie atmete tief durch und nickte.

Dann legte sie beide Hände auf je eine Hälfte der Schwingtür und drückte diese schwungvoll auf.

John hörte uns eintreten und drehte sich zu uns um.

Als er Sam entdeckte, riss er die Augen auf und kam auf uns zu.

»Samantha, geht es dir gut?«

Ich spürte sofort ihr Unbehagen und stellte mich vor sie, bevor John bei ihr angekommen war.

Er verstand und blieb stehen.

»Sie hat ein paar Fragen an dich«, klärte ich ihn auf und sah ihn ernst an. »Und ich hoffe für dich, dass du sie wahrheitsgemäß beantwortest, sonst könnte es sein, dass ich mich vergesse!«

John nickte und blickte zu Sam, während ich mich wieder neben sie stellte.

»Hast du bereits von Anfang an gewusst, wer ich bin?«, legte sie direkt los.

»Ja.«

»Und du wusstest auch all die Jahre über, wo ich bin?«

»Ja.«

»Wie?«

»Ich habe eine alte Schulfreundin bei der Jugendfürsorge«, begann er zu erzählen. »Sie war es auch, die dich hier abgeholt hat. Sie arbeitet in Duluth.«

»Dort bin ich aufgewachsen!«

John nickte.

»Dort gab es schon ein Ehepaar, dass ein Mädchen adoptieren wollte und die erforderlichen Kriterien bereits erfüllte. Es mussten nur noch sämtliche Unterlagen mit ihnen durchgegangen und Unterschriften geleistet werden. Anschließend war noch eine Genehmigung erforderlich und dann durftest du zu ihnen.«

»Hast du meiner leiblichen Mutter gesagt, wo sie mich findet?«, fragte Sam weiter und verschränkte die Arme vor der Brust.

»Sie kam eines Tages zu mir, völlig am Boden und bitterlich weinend!«, entgegnete John und das war bereits Antwort genug.

»Sie hat mich fast mein ganzes Leben lang terrorisiert!«, warf sie ihm vor.

»Sie hatte die strikte Anweisung außer Sichtweite zu bleiben!«, verteidigte er sich und wirkte ehrlich überrascht.

»Tja, hat nicht funktioniert! Kurz nach meinem siebten Geburtstag, sah ich sie das erste Mal. Seitdem tauchte sie immer wieder auf. Und wenn ich jemanden auf sie aufmerksam machen wollte, verschwand sie spurlos und mich hielten alle für geistesgestört! Erst nachdem ich nach Quantico ging, hörte es auf.«

John sah sie betrübt an.

»Das tut mir leid, Samantha. Hätte ich gewusst, dass sie dadurch dein Leben negativ beeinflusst, hätte ich nie verraten, wo du bist!«, versicherte er ihr. »Ich wollte immer nur das Beste für dich, auch wenn ich dabei viel falsch gemacht habe. Aus diesem Grund habe ich dich im Auge behalten wollen.«

Sie atmete tief durch und Tränen sammelten sich in ihren Augen.

»Du hast wirklich sehr viel falsch gemacht John! Vielleicht kann ich dir irgendwann verzeihen, weil du keine bösen Absichten hattest. Aber im Moment ist alles noch viel zu frisch, viel zu schmerzhaft.«

»Danke!«, brachte er mühsam mit brüchiger Stimme hervor. »Auch wenn du mir das jetzt vielleicht nicht glaubst oder glauben kannst, aber ich bin stolz auf dich, Samantha. Du bist trotz der schlechten Erfahrungen und der Qualen zu einer tollen und starken jungen Frau geworden! Das wollte ich dir unbedingt noch sagen.«

Sam nickte ihm zu und drehte sich zum Gehen um, blieb jedoch stehen.

»Vielleicht wurde ich gerade, weil ich solche Erlebnisse hatte, zu dieser Frau«, sagte sie noch leise aber dennoch gut zu verstehen.

Dann ging sie hinaus, ohne sich nochmals umzudrehen.

EPILOG

SAMANTHA

Meine Zeit mit Furgison war heftig.

Sie hat mich viel gelehrt, wie zum Beispiel, das nicht immer ein Soziopath hinter einem krank wirkenden Serienkiller stecken musste.

Alles konnte ich jedoch leider nicht klären.

Was er in der Zeit zwischen den Überfällen und den Morden machte, fand ich nicht heraus.

Ich hatte ihn zwar danach gefragt, aber er wollte es mir nicht erzählen.

Und warum meine Mutter plötzlich aufhörte, mich zu besuchen, wusste ich ebenfalls nicht.

Brian vermutete, dass sie nicht mehr so weit reisen konnte, weil sie ungefähr zu dieser Zeit krank wurde.

Dennoch war ich dazu in der Lage, mit der ganzen Geschichte abzuschließen und meinen Frieden damit zu machen.

Nun waren fast zwei Wochen seit meiner Befreiung vergangen.

In dieser Zeit hatten wir ein paar wichtige Entscheidungen zu treffen.

Brian wurde von Kinkade gefeuert, weil er bei meiner Rettung abermals einen Einsatz, hinter dessen Rücken durchgeführt hatte.

Ich selbst war ebenfalls ohne Job und ewig konnten wir nicht von unseren Ersparnissen leben.

Dass wir beide zusammenbleiben wollten, stand außer Frage.

Aber war es ratsam, bereits jetzt zusammenzuziehen?

Oder sollte ich mir lieber eine eigene Wohnung suchen?

Letztendlich entschieden wir uns dafür, seinen Vorschlag bezüglich meiner Selbstständigkeit gemeinsam umzusetzen.

Als Team würden wir zukünftig durch das Land reisen und der Polizei bei der Aufklärung ihrer Fälle unterstützen.

Dadurch lebten wir meist in Hotelzimmern und würden wir uns mal nicht so gut vertragen, konnten wir zwei Einzelzimmer buchen.

Sein Haus wollte Brian behalten und so hatten wir immer einen Rückzugsort, um uns zu erholen.

Das war ein guter Plan und ich konnte seit langer Zeit wieder mit einem Lächeln in die Zukunft blicken.

Seine Rippenprellung verheilte nur langsam.

Doch nun war er so gut wie schmerzfrei und drängelte bereits seit zwei Tagen darauf, dies gebührend zu feiern.

»Hey«, riss ich Brian aus seinen Gedanken, als ich ins Schlafzimmer kam, ohne von ihm bemerkt zu werden. »Hör auf, darüber nachzugrübeln.«

Ich legte mich zu ihm ins Bett und kuschelte mich an ihn.

»Woher willst du wissen, worüber ich nachdenke?«, fragte er, obwohl dass heute nicht das erste Mal war.

In letzter Zeit passierte das öfter.

Wir beide hatten durch Furgison unser Päckchen zu tragen, doch er verlor sich immer wieder in seinen Gedanken darüber.

»Ich kenne dich gut genug, um dir das an der Nasenspitze anzusehen!«, entgegnete ich ihm lachend und stupste mit dem Zeigefinger auf seine Nase.

»Du freches Biest!« Mit einer schnellen Drehung legte er sich über mich und drückte mich in die Matratze. »Manchmal überkommen mich einfach die Erinnerungen«, erklärte er und ich grinste. »Was?«

»Mich überkommt gerade etwas ganz anderes!«, raunte ich ihm zu, biss mir auf die Unterlippe und wackelte mit den Augenbrauen.

»Ach ja, was denn?«, fragte er unschuldig, als ob er nicht genau wüsste, was ich meinte. »Meinst du so etwas wie das?« Sanft küsste er mich auf den Hals und bescherte mir eine Gänsehaut. »Oder das?« Mit seiner Hand streichelte er meinen Körper hinab und ließ sie in meiner Hose verschwinden, was mich leise zum Aufstöhnen brachte. »Oder...«

»Alles!«, unterbrach ich ihn fordernd und er lachte leise.

»Mhm«, machte er. »Nicht nur frech, sondern auch gierig!« Lächelnd senkte er seinen Kopf zu mir herab, bis seine Lippen meine berührten. »Du hast Glück, dass ich ebenso begierig auf dich bin!«, hauchte er und küsste mich endlich.

Hart und fordernd, aber andererseits auch voller Sinnlichkeit und Gefühl.

Seine Leidenschaft raubte mir sofort den Atem.

Brians Hände schienen überall zu sein und doch war es zu wenig!

Jede einzelne Zelle in meinem Körper verzehrte sich nach ihm und seinen Berührungen.

Küssend wanderte er meinen Hals hinab, während er mein Top nach oben schob und auszog.

Es war berauschend, seine Lippen auf meiner Haut zu spüren.

All meine Sinne waren auf ihn fokussiert und darauf was er mit mir tat.

Mit seiner Zunge fuhr er zwischen meinen Brüsten hindurch, bis hinunter zu meinem Slip, den er mir nun auszog.

»Oh Gott!«, stöhnte ich, da er mich dort verwöhnte, wo ich mich im Moment am meisten nach ihm verzehrte.

Ein süßes Kribbeln begann sich in meinem Körper zu verteilen, bevor es sich schließlich in meiner Mitte sammelte und mich zum explodieren brachte.

Langsam küsste sich Brian nun wieder nach oben und sah mir tief in die Augen, während er sich in mir versenkte.

Sein Blick ging so tief, als könne er direkt in meine Seele sehen.

In die dunkelsten Abgründe und auf die hellsten Berggipfel meines Seins.

Dies war für mich der Moment, der alles veränderte.

Der mir offenbarte, dass aus Verliebtheit Liebe wurde.

ENDE

Ceryna James

Wechselwirkung
der Liebe

Madison & Ethan

Band 1 der erotischen Liebesroman-Reihe **Wechselwirkung der Liebe** gibt es exklusiv und nur bei Amazon. Als Taschenbuch und eBook, sowie kostenlos über Kindle Unlimited.

Jetzt erhältlich! **Wechselwirkung der Liebe: Lilou & Sergej.** Als Taschenbuch und eBook exklusiv bei Amazon, sowie kostenlos über Kindle Unlimited.